DREAMBOOKS

전쟁자

전생자 6

초판 1쇄 인쇄 2018년 8월 22일
초판 1쇄 발행 2018년 9월 3일

지은이 나민채
발행인 오영배
기획 박성인
책임편집 김다슬
일러스트 eunae
디자인 권지연
제작 조하늬

펴낸곳 (주)삼양출판사 · 드림북스
주소 서울시 강북구 도봉로 173
대표 전화 02-980-2112 **팩스** 02-983-0660
편집부 전화 02-980-2116 **팩스** 02-983-8201
블로그 blog.naver.com/dreambookss
출판등록 1999년 3월 11일 제9-00046호

ⓒ 나민채, 2018

ISBN 979-11-283-9416-4 (04810) / 979-11-283-9410-2 (세트)

드림북스는 (주)삼양출판사의 판타지 · 무협 문학 브랜드입니다.

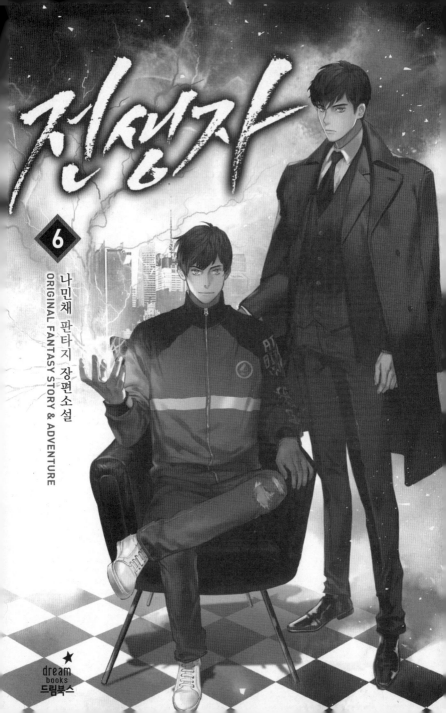

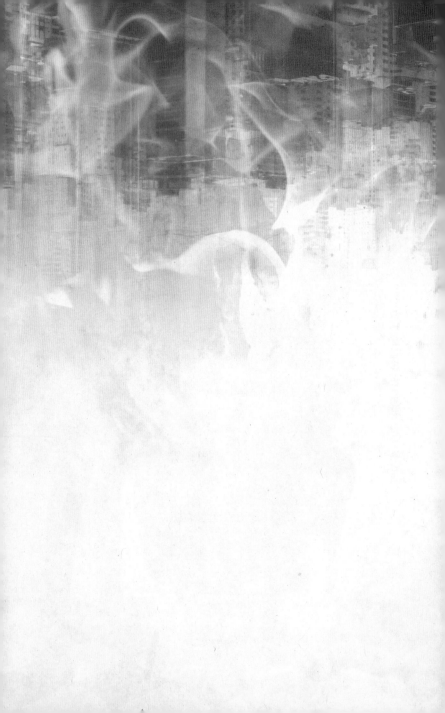

목차

Chapter 1.

　녀석의 상황은 처음 우연희보다 낫다.

　우연희는 녀석과 같이 체계적인 군사 훈련을 받지 못했었다.

　그러나 녀석은 자의든 타의든, 훈련소 생활을 1년 반이나 해 왔다. 육체, 무기, 전술 훈련뿐만이 아니라 용병들의 집단생활 자체만으로도 정신적으로 무장될 수 있었다.

　녀석은 처음의 우연희보다 더 잘해 내야 한다.

　최소한.

　"하나…… 있습니다."

　녀석이 문을 노려보며 말했다.

추격자 특성은 이래서 좋다.

감각을 우리 수준까지 올리지 않더라도 문 너머의 위협을 어느 정도 감지할 수 있다. 그게 독이 되는 경우도 더러 존재하지만.

"몬스터입니까?"

"네 두 눈으로 똑똑히 봐라."

"예?"

"진입해."

상냥하게 문까지 열어 줬다.

끼이익—

낡은 문소리가 녀석에게는 끔찍하게 들렸는지 몸을 떨었다.

우연희와 나는 통로 끝의 어둠까지 꿰뚫어 볼 수 있지만, 녀석의 가시거리는 7미터 내외가 한계였다. 때문에 녀석은 어둠을 응시하며 군용 단검을 있는 힘껏 움켜쥐고만 있었다.

견졸 한 마리가 달려오기 시작했다. 그것의 뜀박질 소리가 코앞까지 이르렀을 때, 녀석이 본능적으로 뒷걸음질 쳤다.

녀석에게는 견졸이 어둠 속에서 갑자기 솟구친 것처럼 보였을 거다.

녀석은 바로 내 뒤로 도망쳐 왔다.

우연희가 하는 수 없다는 듯이 나섰다.

그녀는 순간에 견졸의 가슴에 단검을 쑤셔 넣고 돌아왔다.

"속박 터졌어."

우연희가 말했다.

그래서 일부러 죽이지 않았다는 말이었다. 우리는 동시에 녀석을 쳐다보았다.

녀석은 완전히 얼어붙어 있었다. 녀석의 시선은 견졸의 날카로운 이빨을 시작점으로, 아래를 훑고 내려갔다.

우연희가 남긴 상처에서 핏물이 쉴 새 없이 흘러나오는 걸 응시하던 그 때.

녀석의 호흡 소리가 더욱 거칠어졌다.

후욱. 후욱.

"가서 끝내."

"저게…… 저게…….."

"그래. 저게 몬스터지. 어린아이라도 할 수 있는 일이다. 끝내."

"어, 어떻게 말입니까."

"뭘 어떻게? 훈련소에서는 뭘 배웠어? 일일이 다 설명해 줘야 하나? 쥐고 있는 걸 찔러 넣어. 눈알을 후벼 파든지,

죽을 때까지 목을 쑤시든지."

"소, 소, 소리…… 소리를 내고 있지 않습니까."

"맞아. 소리만 낼 수 있을 뿐이지."

굳어 버리는 녀석을 놔두고, 우연희를 뒤쪽으로 눈짓해 불렀다. 녀석은 우리가 가시거리 밖으로 사라져 버린 걸 인지하지 못할 만큼 충격에 빠져 있었다.

"우리 수준을 초창기보다 약간 윗선 정도로 제한할 거다. 스킬도 쓰지 말고. 할 수 있겠어?"

"대전 퀘스트는?"

"그건 어쩔 수 없지."

"해 볼게."

"위험해질 것 같은 순간에만 전면으로 나서. 이번은 공략이 목표가 아니라, 녀석의 됨됨이를 살피는 게 목표니까."

"이미 망한 거 같지 않아? 나는 처음에 저러지 않았어."

"인마. 개구리 올챙이 적 생각 못 한다더니 딱 그 짝이네. 저게 당연한 거다. 저 녀석의 감정을 빤히 읽고 있잖아. 얼마나 겁에 질려 있는지 알 텐데."

"헤헷."

"뭘 웃어. 긴장 풀지 마. 눈먼 돌에 맞아 죽을 수 있어. 개구리."

"생각해 봤는데, 나 혼자 여기를 돌 수 있을까?"

"아직은 어림없다. 보스전의 공략법을 알고 있으니까 그런 소릴 할 수 있는 거겠지. 이참에 제대로 봐 둬. 완전히 분노한 보스 견졸이 어디까지 강해지는지. 나중에 다 도움이 될 테니까."

"분노가 중첩되기 전에 지배해 버리면 돼. 분명 통할 거야."

"그게 공략법이라고. 인마."

"헷."

"또 웃는다. 초심을 날려 먹어 버렸군. 다음 던전에 가서 지금처럼 굴다가는."

"오늘만이야. 오늘을 끝으로 다신 누릴 수 없는 거잖아."

우연희의 얼굴에서 미소가 사라졌다.

"말은."

그때.

"영어로 해 주시면 안 되겠습니까? 부탁드립니다."

녀석이 소리를 쫓아왔다.

그때도 견졸은 다른 상처가 나 있지 않았다.

나는 대답 대신 견졸을 가리켜 보였다. 녀석의 고개가 저어졌다.

"못하겠습니다. 못하겠어요. 두 분이 저보다 강하지 않습니까."

"멍청한 거냐, 겁이 많은 거냐."

"예?"

"허수아비 하나 처리 못 하는데, 우리가 널 끝까지 끌고 갈 것 같아?"

"쉬운 일이야. 널 공격 못 해. 가서 여기에 찔러 넣기만 하면 되는 거라고."

우연희가 녀석의 가슴을 쿡 찔렀다. 녀석은 정말 칼에 찔린 것처럼 온 인상을 찌푸렸다.

우연희는 정신계다.

특성 등급이 높아져서, 랜덤으로 발발했던 감응 효과는 등급 이하의 녀석들에게 매우 높은 확률로 발동된다.

녀석이 느끼고 있을 두려움을 공유하지 못할 리가 없는데, 우연희는 녀석에게 그다지 호의적이지 않았다.

때문에 지금의 우연희는 나보다 더 냉정하다고 할 수 있었다.

"빨리 끝내(Kill quickly)."

우연희가 말했다.

이번에는 녀석의 바람대로 영어로 말이다.

＊　　　＊　　　＊

녀석이 성공하긴 했다.

한번 쑤셔 넣었던 칼질이 패닉 상태의 것처럼 수차례 이어졌다.

녀석은 뒤집어쓰지 않아도 될 핏물에 온 얼굴이 얼룩졌다. 헛구역질도 몇 번 있었다.

우리는 녀석이 안정되길 기다렸다가 다시 움직였다.

통로 끝, 첫 번째 방에 열두 마리가 들어 있었다. 녀석은 그걸 보고할 차례였다. 그러나 녀석에게는 아무런 말이 나오지 않았다. 문 너머에서 감지되는 숫자에 이미 사로잡혀 버린 듯하다.

"정신 차려. 리더의 지시에 집중해."

우연희가 말하자, 녀석의 고개가 느릿하게 우리 쪽으로 돌려졌다.

"열…… 보다 많은 것 같습니다."

"나는 탱커, 너는 딜러, 마리는 힐러다."

"예?"

"내가 주의를 끌고 있는 사이에 공격을 제대로 먹이란 말이다. 마리가 치료해 줄 테니까 부상은 신경 쓰지 마."

"……"

"너만 역할에 충실한다면, 우리가 죽는 일은 없다. 이걸 명심해. 우리는 다 같이 살고 다 같이 죽는다는 것. 자. 이제 이 문을 열면 몬스터들이 쏟아져 나올 거다. 내 뒤에서 준비해."

녀석이 우물쭈물했다.

"왜?"

"마, 마리가 저보다 더 강하지 않습니까? 제가 힐러를 맡는 편이 우리 그룹에 맞지 않습니까?"

이거 봐. 이런다니까!

우연희의 그런 눈빛과 마주쳤다.

"다치면 붕대로 감아 주려고? 그리고 나라고 안 싸우는 게 아니야. 역할군이 나눠져 있지만 상황이 꼭 그렇게 되지 않아. 알게 될 거야."

우연희가 말했다.

"제가 방해가 될 것 같습니다."

"너는 아직 스킬이 없어서 알 수 없겠지. 마리의 스킬은 힐링에 최적화되어 있다. 사지가 잘려 나가고 눈알이 파 먹히지 않는 이상, 우리는 부상을 걱정하지 않아도 된다는 거다. 마리에게 고마워해."

녀석이 놀란 눈으로 우연희를 쳐다보았다.

"이해됐겠지? 마리가 우리의 부상을 살피는 게 더 효과적이야."

"꼭…… 이걸 해야만 합니까? 왜요. 우리가 왜……."

"우리 그룹에 들어오고 싶다고 자청한 게 누구였지? 빠지고 싶다면 빠져."

"그래도 됩니까?"

녀석은 생로(生路)를 찾은 얼굴이 되었다. 순간에 두 눈이 살아서 꿈틀거렸다.

부끄러움이나 우리에게서 느낄 어떤 위협보다도, 이 상황에서 빠지고 싶은 마음이 더 컸던 것이다.

"그래도 됩니까는 뭐야. 아직 제대로 싸워 보지도 않았잖아."

우연희가 받아쳤다.

"허락해 주신다면 전 빠지겠습니다. 제가 도움이 될 것 같지도 않고, 그룹에 도움이 되는 방법을 다른 쪽으로 찾아보겠다는 겁니다."

"그 말 후회할 텐데."

"전 정말 이런 일을 하게 될지 몰랐습니다. 설명을 안 해 주셨지 않습니까. 지난 1년 반 동안 누구도. 비밀은 엄수할 겁니다. 그러니……."

"그 정도에서 그쳐. 너 후회할 거야."

그제야 녀석도 뭔가 느낀 게 있었던 모양이다. 녀석이 나와 우연희를 번갈아 쳐다보았다.

내가 말했다.

"탈퇴하고 싶다면 이번에 한해 허락하지. 결정하기 전에 들어. 던전에서 빠져나가기 위해선 필요한 조건들이 있다."

"조건이요?"

"퀘스트 완료 혹은 탈주의 인장. 진입했을 때 떴던 메시지를 허투루 봤군. 퀘스트 완료가 뭔지는 감 잡았을 테니 그건 집어치우고."

셔츠를 벗었다.

보유 한계인 8개의 인장이 가슴에 원형으로 꽉 채워져 있다.

"이건 문신이 아니야. 인장이라고 하는 거지. 그리고 이게 탈주의 인장이다. 이게 있어야만 던전에서 도망, 그래. 탈주할 수 있는 거다. 시험해 보고 싶으면 하고 와."

녀석은 입구 방 쪽을 응시했다. 하지만 또다시 보이는 것이라곤 어둠뿐인지라, 녀석이 용기를 내기까지는 시간이 필요했다.

녀석이 이를 악물며 자신만의 어둠을 헤쳐 나가기 시작했다.

이윽고, 악! 하는 비명 소리가 출구에서 터져 나왔다.

"도와주세요! 어디에 계십니까?"

녀석이 입구 방에서 헤매고 있었다. 우리는 녀석의 가시거리 안으로 진입했다.

녀석이 나를 보자마자 간절하게 말했다.

"탈주의 인장은 어떻게 얻을 수 있죠?"

"보통은 박스에서 얻지."

"다른 방법도 있다는 말씀이군요."

"타 각성자의 인장이 새겨진 피부를 떼어 내 삼키면 된다."

우연희도 덩달아 놀란 눈을 해 보였다.

진짜야?

우연희의 그런 눈빛에, 나는 입술만 움직여 보였다.

아니.

"그래서 결정은?"

"전…… 이 방에 남겠습니다."

내가 결정을 번복해 버릴까 봐 걱정하는 얼굴이었다.

"우리가 공략을 마칠 때까지 속 편히 기다리겠다는 거로군? 네가 빠지면 큰 차질이 있어. 만일 우리가 죽어 버린다면 어떻게 하겠다는 거지?"

우연희가 내 말을 받았다.

"그뿐만이 아니야. 이 방에는 문이 세 개야. 우리가 알람 몬스터를 건드리면 나머지 문이 열리고, 너는 혼자서 몬스터와 싸워야 할 텐데. 그래도 괜찮다는 거야? 맘대로 해."

"알람 몬스터는 또 뭐고. 이래서야 제게는 선택권이 하나도 없지 않습니까. 저를 끌고 가고 싶으시다면 제대로 설명해 주세요. 제발, 부탁드립니다. 제발요."

그래도 울지는 않고 있었다.

절망에 찌들어 있을 뿐이지.

*　　　*　　　*

"궁금한 점은?"

우연희가 설명을 마쳤다.

"왜 이런 위협과 싸워야 하는 겁니까. 강해져야 하는 이유 말입니다."

우연희가 차분하게 설명하는 과정은, 중학생 꼬맹이들을 두고 IMF에 대해 설명했던 때와 비슷했다.

"그 날에는 테러리스트가 아니라, 몬스터가 공격해 올 테니까. 우리는 그 날을 시작의 날이라고 불러. 그리고 여기는 최하위 저급 던전이야. 여기조차도 공략하지 못한다면 우리는 그 날에 무방비인 거나 마찬가지인 거지. 이해돼?"

"다른 사전 각성자들은……."

"그래서 넌 운이 좋은 편인 거야. 우리 그룹이 가장 앞서 있거든."

"그만. 이제 결정해. 여기에 남을 테냐, 같이 갈 테냐?"

"같이하겠습니다. 어리숙한 모습을 보여 드려서 죄송합니다. 지금부터라도 제대로 해 보겠습니다."

그랬던 녀석이…….

"으아아악!"

견졸들의 시체 더미 속에서 발버둥 치고 있었다.

우연희가 한심하다는 듯이 뇌까렸다.

"더 봐야겠어?"

"말했지. 저건 지극히 자연스러운 반응이라고. 내가 보고 싶은 건……."

"알겠어."

우연희가 집게손가락 끝을 내 가슴에 살짝 댔다.

"언제 시험해 볼 거야?"

"보스전 끝날 무렵. 그때까지 두고 보자고. 지금 판단하지 말고."

"쟤는 안 될 거야. 아마."

*　　*　　*

킬 하우스(Kill House) 과목은 실내에서 적을 소탕하고
실탄을 사용해 근접전을 벌이는 훈련 과정이다.

레온은 거기서 우수한 성적을 기록했었다.

엄폐물을 적절히 활용하는 방법도, 팀원을 활용하는 방
법도 중요하지만.

쏜 총알 한 발 한 발에 대해 교관에게 설명할 수 있어야
했다.

제압 사격이란 건 없는 훈련이었다.

두 사람씩 팀을 이뤄 쏘고 튀는 과목에서도 성적이 우수
했다. 역할을 바꾸는 도중의 엄호 사격도, 모퉁이를 돌아
총을 쏘는 기술도 말이다.

하지만.

'그딴 게 다 무슨 소용이야. 염병. 염병. 염병…….'

싸워야 할 상대는 어느 아프리카 나라의 반군 따위가 아
니었다.

악몽에나 나올 법한 괴물들이었고, 고작 몇십 센티짜리
단검으로 맞서야 했다.

훈련소에는 다 같은 훈련생이라도 나름의 서열이 있었
다. 용병을 동경해서 들어온 청년, 은퇴 경찰, 전역 군인,

FBI, 해군, 레인저 부대, 해병대 특수 수색대, 씰 6팀, 델타포스 순이다.

피라미드의 상부에 있던 자들은, 그야말로 영화 속에나 있을 법한 존재들이었다. 그들은 강인함 그 자체였다.

레온은 그 중에서도 델타포스 출신의 한 남자를 떠올렸다.

그를 이 자리에 데려다 놓고 싶었다. 그러고 나서 괴물과 싸움을 붙여 보는 거다.

1:1로 누가 더 강한 생물체인지.

그리고 결과는 뻔하다.

괴물의 승리.

괴물은 괴물이기 때문이다.

쩍 벌어진 아가리에서 길게 늘어져 나온 침이며 번뜩였던 이빨, 독살스럽게 번질거렸던 눈알들이 계속 생각나 소름이 끼쳤다.

또 그것들의 근육들은 어떻고?

그래서였다.

레온에게는 오딘과 마리가 괴물보다 더한 괴물로 생각됐다.

특히 마리는 미성년자라고 오해할 만큼 작은 여성임에도, 전투에 돌입하자 완전히 딴사람으로 변했다.

그녀가 일반적인 여자가 아니라는 것쯤은 첫 만남에서 겪어 본 바로 알고 있었다. 어떤 여자가 사람의 정신을 들여다보고 장악하며, 칼을 저처럼 능숙하게 다룬단 말인가.

고도의 훈련을 받은 정예 요원인 것을 알고 봤어도, 마리는 그야말로 괴물 사냥꾼이었다.

모두의 리더, 오딘이야 말할 것도 없고.

그때서야 레온은 직전의 전투에서 자신이 한 것이라곤 아무것도 없다는 것을 깨달았다. 놀라 넘어진 채로 눈앞의 정경만 멍하니 쳐다봤었다.

비로소 텅 비어 있던 머릿속으로 직전에 봤던 광경들이 제대로 들어오기 시작했다.

지옥이 펼쳐졌다.

'아!'

또 그때서야 레온은 현실로 돌아왔다.

눈을 깜박일 때마다 자신과 함께 쓰러져 있는 괴물들의 시체가 늘어났다.

"으아아악!"

레온의 입에서 비명이 터졌다.

발악하듯 저어 대는 팔다리에 괴물들의 잘린 사지와 얼굴들이 걸리적거렸다.

그것뿐이면 다행인데, 괴물들의 긴 창자가 레온의 발끝

에서 꼬여 대고 있었다.

"보고만 있지 말고 떼 주세요! 씨발, 뭐해. 떼 주라고!"

레온이 자신을 내려다보고 있는 두 사람을 향해 소리쳤
다.

레온은 겨우 일어날 수 있었다.

"진정해."

"말씀…… 드렸지 않습니까. 저는 방해만 됩니다. 이건
사람이 할 짓이 아니잖습니까."

"네가 훈련받아 왔던 것과 뭐가 다르지? 단지 총만 없을
뿐이다. 첫 실전은 다 그런 거야. 한 번은 거쳐야 할 일이
지. 하지만 잘 들어. 이번에는 열두 마리밖에 없어서 그럭
저럭 끝낼 수 있었다. 다음에는 지금 같은 요행을 바랄 수
없어."

"'열두 마리밖에' 입니까?"

미쳤다.

'여긴 완전 미친 곳이다. 여기서 벗어나야 해!'

레온은 속으로 소리쳤다.

그러나 도망칠 수조차 없었다. 혼자서 어둠 속에 뛰어드
는 것 또한 미친 짓이다.

레온이 더 환장하겠는 건, 너무나 태연한 두 사람의 모습
때문이었다.

'그때 뒤를 밟지만 않았어도……'

그랬다면 재산을 다 날릴 일도, 훈련소에서 감금된 생활을 할 일도, 젠장할 악몽 속에서 허우적거릴 일도 없었을 거다.

*　　　*　　　*

녀석은 갈수록 무너져 갔다.

비틀거리면서 간신히 따라오고 있는 수준에 불과했다.

그러던 것도 결국.

두 눈은 몽롱하며, 입술 사이에서는 발음을 분간할 수 없는 중얼거림이 계속 흘러나오기 시작했다.

"저거 봐. 망가졌어."

"네 처음 때와는 달라. 마리."

우연희를 이름이 아닌, 코드명으로 불러 주자 그녀는 살짝 웃었다. 마리라는 코드명이 무척 마음에 드는 것 같았다.

"그건 나도 인정해. 오딘."

그녀가 나를 따라 했다.

우리가 서로를 코드명으로 부르고 있는 건 녀석 때문이었다. 녀석에게 우리 실명을 들려줄 이유도 필요도 없다.

우연희가 마저 말했다.

"제 자신을 돌볼 여유가 없었어. 정비 시간 없이 계속 나아가고만 있었잖아. 저대로 놔두는 건 좀 그래. 발데르의 정숙을 써 보고 싶은데 어때? 시험 삼아서라도."

"스킬 이름과 효과가 노출될 텐데?"

최상위급의 정신계 힐링 스킬, 발데르의 정숙.

등급 자체도 C 등급까지 올려서 더욱 효과적이다.

"저 상태에서는 시험을 치를 수도 없잖아. 한계에 다다른 게 아니라 완전히 무너져 버렸어. 완전 좀비야. 네가 보고 싶은 건 한계 상황에서의 본 모습이지 않아?"

"그렇지."

"그럼 한다?"

내가 고개를 끄덕이자, 우연희의 몸에서 기운이 쏟아져 나갔다. 찰나에 녀석의 몸으로 스며들었다.

그 즉시 녀석의 죽어 가던 눈깔에 생기가 감돌았다. 본인조차도 너무 갑작스러운 일이라, 눈만 깜빡이며 상황을 분간하지 못했다.

비로소 제 전면에 떠오른 메시지가 눈에 들어왔던 모양이다.

이런 메시지.

[마리가 발데르의 정숙을 시전 했습니다.]

"어…… 어?"

"정신 말짱해지지? 그게 바로 힐러의 위력이다."

"이거 끝내주는데요?"

녀석은 완전히 다른 사람이 되었다. 얼굴에는 자신감이
흘러넘쳤다.

"뭐든 할 수 있을 것 같습니다. 세상에 이런 게…… 감사
합니다."

"내게 말고."

"감사합니다. 마리. 그런데 여기에 들어온 지 얼마나 지
났습니까?"

"얼마나 지난 것 같아?"

"3일?"

"아니. 여섯 시간밖에 지나지 않았어. 시간이 더디게 느
껴질 거야. 네 경우에는 더. 정말 힘들 때는 리더와 내게 집
중해. 너 혼자서만 싸우는 게 아니라는 거, 그거 큰 거다?"

녀석은 우연희의 상냥한 어투가 뜻밖이었던 듯하다.

만감이 교차하는 듯, 녀석이 복잡한 눈빛으로 우연희를
바라보다가 고개를 끄덕였다.

"불쌍해졌어?"

내가 물었다. 한국어로.

"완전 패닉 상태의 사람을 처음 보고 처음 느껴 봤어. 시험을 치를 때까지만이라도 기회를 주자. 무작정 내몰기만 한다면 우리가 쟤의 선택을 강요한 꼴 아냐? 그런데 시험에서 합격 못 하면 쟤는……."

"왜, 내 손에 피를 묻힐까 봐? 그냥 던전에 버려둘 거다. 결과는 똑같지."

"쟤가 시험에 합격했으면 좋겠어. 정신 나갔을 때 계속 엄마를 찾더라고. 어린애처럼."

우연희가 왜 갑자기 녀석을 측은하게 여기는가 싶었더니, 바로 그것 때문이었다.

가족은 우연희의 정신세계를 건드리는 트리거(Trigger)다.

그녀는 부자가 된 이후로도 가족 관계에서만큼은 조금도 진척이 없었다.

그때 녀석은 우리를 멀뚱히 바라보고만 있었다.

녀석에게는 우리가 쓰는 언어가 몬스터들의 언어처럼 들릴 일. 그래도 자신을 두고 하는 대화라는 것 정도는 느낄 수 있기 때문에 녀석의 표정이 점점 불안하게 변해 갔다.

우연희가 별일 아니라는 듯이 말했다. 이번에는 영어로.

"리더와 난, 네가 잘 견뎌 내고 있다는 대화 중이었어.

기대 이상으로."

"전……."

"왜 이래, 군사 훈련도 받았으면서. 난 그런 것도 없이 투입됐었어. 넌 나보다 더 잘할 수 있어."

"감사합니다. 마리."

*　　*　　*

우연희가 대전 퀘스트를 완료했다.

녀석은 우연희가 보였던 가공할 몸놀림에 끔뻑 넘어가 버렸다.

경악과 동경이 합쳐진 복잡스러운 시선이다. 우연희가 녀석에게 다가갔다. 녀석이 움찔하면서 자신도 모르게 뒷 걸음질 치자, 우연희는 알겠다는 듯 고개를 끄덕였다.

그러고는 생수를 꺼내 얼굴에 묻은 핏물을 씻어 냈다.

비로소 우연희다운 얼굴이 드러났다.

"너도 언젠가는 이렇게 할 수 있어."

확실히 우연희는 녀석에게 상냥해졌다.

우연희의 말이 맞다.

여기는 본 시대가 아니다. 녀석에게 동료애를 조금도 보이지 않은 상태에서 시험하는 것은 가혹한 면이 있었다.

"메시지가 떴습니다. 최초와 차순위에 대한."

"마리가 최초다. 마리가 잡았으니까. 그리고 리더인 나는 차순위."

우연희와의 계약은 오래전에 갱신한 상태였다.

"너는 수긍만 해. 그래도 퀘스트 완료 포인트가 들어간다."

"최초와 차순위는 무엇입니까?"

"보상 박스를 준다."

녀석은 생각이 많아진 얼굴이 되었다. 그 얼굴은 다음 방에서 뭉개졌다.

전투가 끝났을 때, 방에는 녀석의 고통스러운 신음 소리만이 가득했다.

살점들이 어지간히도 뜯겨 나갔다. 피 또한 사경을 헤맬 정도로 흘려 대서 안색은 진즉 푸르죽죽하게 변해 있었다.

우연희의 힐과 하루의 정비 시간으로 녀석은 말짱해졌다.

어디까지나 육신만 그랬다. 처절하게 맛본 고통 때문에 녀석은 바짝 움츠러들었다.

항시 긴장하고, 우리의 조그마한 몸짓과 소리에도 뜬금없이 놀라는 모습을 보였다.

보물 방의 던전 박스들은 건드리지 않았다. 바로 다음 방이 녀석의 시험장이었다.

그때 우리 모두의 몰골은 더럽기 짝이 없었다. 덕지덕지
굳어 버린 핏물들로.

보스 방 문 앞.

녀석이 마지막이라는 생각에 히죽거리며 웃었다. 그러다
확 굳어 버린 얼굴인 채로 멍하니 서 있다가, 갑자기 양손
으로 제 머리를 감쌌다.

녀석이 주저앉았다.

"너무 많아……."

"똑바로 말해."

"너무 많다고요. 너무 많습니다. 아주 방 전체에 득실거
린단 말입니다."

우연희의 인내심도 바닥이 난 모양이다. 그녀는 답답해
죽겠다는 듯한 얼굴로 녀석을 일으켜 세웠다.

그때였다.

짝!

우연희가 스킬 대신 녀석의 뺨을 후려쳤다.

가능한 근력을 모두 실어 버렸다면 목뼈가 부러졌겠지
만, 녀석은 고개가 살짝 돌아가는 데 그쳐 있었다.

"팀 전체를 전멸시킬 참이야? 저기는…… 정말 중요한
곳이야. 우리에게도, 네게도. 살고 싶어서 그러는 거잖아.

그러니까 더 정신 바짝 차려야 돼. 팀이 살아야 네가 사는 거야. 네가 살아야 팀이 사는 거고. 알아들었으면 고개 끄덕여."

녀석은 나를 힐끗 바라보고는 고개를 끄덕였다.

"다시 말한다? 저기서 네 목숨이 결정될 거야. 저기서 말이야."

녀석은 우연희의 그 말을 새겨들어야 할 것이다.

"……해 보겠습니다."

"우리 잘해 보자."

"내 지시에 따르기만 한다면 살아 나갈 수 있을 거다. 명심해."

"예."

문을 박찼다.

그러자마자 시선에 가득 차 들어오는 건, 여전히 많은 견졸들과 저 높은 단상에 비스듬히 누워 있는 보스 몬스터였다.

시작의 장은 우리 각성자들을 시험하는 무대였다.

하지만 녀석의 '시작의 장'은 바로 지금이다.

생존의 극에 달한 순간, 우리가 보였던 호의 따위는 안중에도 없어질 것이다.

팀을 희생하고라도 도망칠 것인가.

팀의 생존을 위해 맞서 싸울 것인가.

녀석의 목숨은 찰나의 결정에 달렸다.

*　　　*　　　*

그동안은 녀석에게 던전의 공포를 선사하기 위해 능력을 억제해 왔다. 이제는 그럴 필요가 없어졌다. 무대를 만들 시간이었다.

내가 견졸들을 휩쓸어 나가자 우연희도 동참했다.

장내에 있던 백여 마리의 견졸들이 모두 시체로 변했다.

비로소 보스 몬스터가 몸을 일으켰다.

"방어막이야."

우연희는 보스 몬스터의 강화된 외관보다도, 그 전신을 둘러싸고 있는 방어막이 더 눈에 띄었던 모양이다.

"최소 3000방짜리지."

정확한 수치를 꿰뚫어 보기 위해선 더 높은 개안 등급이 필요하다.

어쨌든 보스 몬스터의 분노 중첩이 끝에 도달하면 방어 막은 곁달린 효과에 불과했다.

진짜 능력은 더 대단하다.

경험 풍부한 E급 헌터 열이 다 달라붙어도 고작 네 명만 살아남았었다. 저것의 힘과 빠르기에.

과연 보스 몬스터가 쏜살같이 뛰어오기 시작했다.

"나는?"

"같이. 대신 적당히. 죽이지는 마."

"무슨 말인지 알겠어."

보스 몬스터를 전투 불능에 가까운 상태로 만들었을 때.

그것을 멀리 던져 버리며 우연희와 눈빛을 교환했다.

내가 먼저 쓰러졌다.

그다음이 우연희였다. 어차피 우리는 견졸들의 피를 잔뜩 뒤집어쓴 상태였다. 육안으로는 부상 정도를 확인할 수 없을뿐더러, 나는 얼굴까지 일그러트려 줬다.

"끝, 끝난 겁니까?"

녀석의 얼굴이 시선 안으로 끼어들었다.

"아…… 직이다…… 가서 끝내."

벽에 처박혔던 보스 몬스터가 몸을 일으키고 있었다.

그때 흉폭한 소리가 터져 나왔다.

크아아악―!

자신은 아직 끝나지 않았다는 분노 가득한 괴성이었다.

녀석이 눈을 부릅뜨며 우연희를 흔들었다.

"마리, 마리. 마리! 정신 차려요. 아직 끝나지 않았습니다."

"마리는 틀렸다. 싸울 수 있는 사람은 너밖에 남지 않았어."

"일, 일어나실 수 없으십니까?"

"손 하나 까닥할 수 없다. 하지만 당황하지 마라. 네가 끝내 놓을 수 있어."

"저…… 악마를…… 어떻게 말입니까."

"마리의 단검을 가져가."

녀석은 우연희의 손에서 단검을 빼냈다. 그러고는 전방을 쳐다보는데, 보스 몬스터는 녀석의 가시거리에 잡히지 않는 거리에 있었다.

크아아악!

또 괴성이 울렸다. 천장과 바닥 전체에서 진동이 일었다.

"겁먹지 마라. 죽어 가는 소리에 불과해."

"저게 어떻게 죽어 가는 소리입니까. 부축하겠습니다."

"소용없어. 저걸 죽여 놓지 않는 이상, 다 부질없는 일이다. 내 말을 믿고 따라. 가서 끝내……."

녀석이 입 안에 가득 고인 침을 삼켜 넘겼다.

"제가…… 할 수 있을 것 같습니까?"

"마리와 내가 녀석을 궁지까지 몰아넣었어. 죽기를 각오하고 싸운다면 할 수 있다. 팀의 생존은 네 손에 달린 거다. 이럴 경우 때문에 널 데려온 거야."

보스 몬스터가 걸음을 시작했다. 느릿하지만 무게가 실린 걸음.

그래서 걸음 소리가 분명하게 났다.

녀석의 두 눈은 더 커질 수 없을 만큼 커졌다. 녀석이 나와 우연희를 빠르게 번갈아 쳐다보다가 우연희 쪽으로 몸을 틀었다.

우연희를 흔들어 대면서 그녀의 코드명을 계속 부르짖었다.

"……곧 네 가시거리로 진입할 거다. 그럼 느끼게 될 거야."

"뭘 말입니까."

"너도 할 수 있다는 걸."

"정말 움직일 수 없습니까?"

"나도 그러고 싶군."

"가까워지고 있습니다. 염병! 제가 어떻게 하면 좋겠습니까?"

"몇 번이나…… 가르쳐 줘야 하지? 기다려. 녀석을 보면 알게 될 거다."

보스 몬스터가 녀석의 가시거리까지 진입했을 때였다.

녀석이 보스 몬스터를 쳐다보았다.

보스 몬스터는 팔이 하나 뜯겨 나간 채로 자세도 꼿꼿하지 않았다. 그래도 분노로 가득 찬 눈빛만은 여전히 살아서 꿈틀대고 있었다.

크르르르…….

보스 몬스터가 녀석을 향해 잇몸을 드러냈다. 저기에 넘어가면 안 된다.

죽기 살기로 싸운다면, 녀석은 보스 몬스터를 쓰러트릴 수도 있었다. 그만큼이나 보스 몬스터의 사정은 최악이었다.

녀석이 결단을 내린 것 같았다.

단검을 꽉 쥐고 전투태세를 갖췄다.

그때 실눈을 뜬 우연희와 눈이 마주쳤다. 우연희는 간절한 시선으로 녀석을 올려다봤다.

그래. 용기를 내. 그렇게 하는 거야!

그런 응원이 다 들리는 듯했다.

크아아악―

보스 몬스터가 내지르는 그 괴성의 뜻은 분명했다.

자신을 이 지경까지 만든 나와 우연희를 반드시 죽여 버려 놓겠다는, 그러니까 녀석에게는 방해하지 말고 꺼져 있으라는 경고였다.

그 순간 우연희가 두 눈을 질끈 감았다. 괴로운 얼굴이었다.

녀석은 보스 몬스터를 향해 달려들지도, 전투태세로 기다리지도 않았다. 갑자기 몸을 틀더니 내 상의를 확 찢어 버리는 것이었다.

녀석은 지금껏 보여 왔던, 그 어떤 시선보다 강렬한 것으로 내 가슴에 박혀 있는 인장을 노려보았다.

　

"탈주의 인장은 어떻게 얻을 수 있죠?"

"보통은 박스에서 얻지."

"다른 방법도 있다는 말씀이군요."

"타 각성자의 인장이 새겨진 피부를 떼어 내 삼키면 된다."

　

녀석은 당시의 대화를 절대 잊지 못했을 것이다. 녀석의 칼끝이 내 가슴으로 향했다.

내가 살아 있는 채로 피부를 도려내 삼켜 버릴 생각이 분명했다.

칼끝이 피부에 닿는 순간.

나는 녀석이 쥐고 있던 단검을 낚아채며 몸을 일으켰다.

"지금부턴 싸우고 싶지 않아도 싸워야 할 거다."

그렇게 시험이 종료됐다.

녀석은 시험을 통과하지 못했다.

녀석은 나와 우연희를 뒤쫓아 올 수 없었다. 미로처럼 얽혀 있는 미궁은 물론이고, 달리는 속도부터가 고작 민간인의 그것이었다.

우연희와 내가 밖으로 나오자 요원들이 다가왔다. 우연희의 표정을 본 그들은 조용히 흩어졌다.

결국 우연희가 울음을 터트렸다. 오랜만에 보는 우는 모습이었다.

그녀가 끅끅대며 던전 입구를 바라보았다. 내가 말했다.

"기회를 충분히 줬어."

"살아 나온다면?"

"그러길 바라고 있어?"

우연희는 고개를 저었다.

그리고 몇 시간 뒤.

다시 진입한 던전 안에서 녀석의 시체를 발견했다.

　　　　　　*　　　　*　　　　*

　녀석은 살아 나올 기회가 있었다.

　보스 몬스터는 죽기 일보 직전이어서 녀석 따위도 쓰러
트릴 수 있었다. 부상이야 며칠 누워 있다 보면 자연히 회
복됐을 것이다.

　그리고 출구를 찾기까지의 복잡한 미궁은, 녀석의 추격
자 특성을 활용하여 클리어 되지 않은 방을 피해 감으로써
극복할 수 있었다.

　그런데 녀석은 그런 기회들을 날려 먹었다.

　물론 이런 내 설명들은 우연희에게 위로가 되지 않았다.

　그녀는 우리가 녀석을 죽음에 몰아넣었다고 자책하는 중
이었다.

　우연희를 데리고 들어가지 말 걸 그랬다.

　녀석이 우연희의 트리거를 건드려 버릴 줄이야.

　"녀석의 가족에게 회사를 돌려줄 거다. 적당한 방법으
로."

　"……믿을까?"

　"녀석은 아프리카에서 죽은 거니까."

　훈련소의 서류 몇 장을 조작하면 끝나는 일이다.

　"그리고 인원 확충은 전면 보류다."

용병 훈련소에서 1년 반이나 정신적 무장을 했던 녀석이
그 지경이었다.

아직은 평화로운 시절.

아프리카 반군, 소말리아 해적, 테러리스트들과는 싸울
수 있을지언정 몬스터와 싸울 수 있는 사람은 드물었다.

제 2의 우연희를 찾기까지 얼마나 많은 생명이 사라질
까.

그래서.

"어떻게든 너와 나, 단둘이서만 해 나가기로 했다."

"그편이 낫겠어."

"힘들고 고통스러울 거야."

"다른 사람이 끼어드는 게 더 그래. 내가 다른 사람 몫까
지 해 볼게."

　　　　*　　　　*　　　　*

우연희는 멀리서나마 애도하고 싶어 했다.

그녀가 시신 없이 치러진 녀석의 장례식에 참석하는 동
안.

나는 조나단과 마주하고 있었다.

벌써부터 석유 등의 원자재 시장이 심상치 않았다.

테러 사건의 여파로 FED(연방준비제도)에서는 아시아 외환 위기와 닷컴 붕괴 동안에 연거푸 낮췄던 금리를 한층 더 낮췄다.

바야흐로 초저금리 시대가 펼쳐진 것이다.

달러화 대출이 폭등.

그렇게 투자자들은 달러가 녹색 문양을 인쇄한 종잇조각에 지나지 않다는 것을 깨닫고, 원자재 시장에 뛰어들고 있었다.

이때 참여한 투자자들은 막대한 수익을 얻게 될 것이다.

"석유 시장 쪽은 착실히 진행되고 있다. 그것 때문에 부른 게 아니야. 부동산 때문이지."

조나단이 서류를 내밀었다.

"모든 관심이 망할 테러로 쏠렸다. 썬."

지금 시점을 콕 찍어 주지 않았는데도, 조나단 스스로 지금이 기회임을 깨달았다. 서류에는 은행들의 이름과 상세 내역들이 빼곡했다.

서류를 한쪽으로 치웠다.

"왜?"

"볼 것도 없어. 거기에 있는 것들. 되는 선까지 다 통합해."

조나단은 고개를 끄덕였다. 내가 이렇게 나올 걸 예상했다는 듯이 말이다.

"파장은 알고 진행해. FED(연방준비제도)와 그 졸개인 백악관에서 시비를 걸어 올 거다."

"졸개? 큭."

조나단이 내 표현에 깊게 공감했다. 이보다 더 정확한 표현은 없었다.

달러를 찍어 내는 자들은 미 정부가 아니기 때문이다.

FED를 지배하는 로트실트 가문 같은 금융 재벌들로, 사실 달러는 미 정부가 FED에게 빌려 오는 것이다.

전반적인 시스템은 이렇다.

미 정부는 채무자고, FED의 금융 재벌들은 채권자다.

즉.

미 정부는 금융 재벌들이라는 빚쟁이들 아래에 깔린 신세라는 것이다.

이건 음모론이 아닌 추악한 진실이다.

그것들이 한통속이 돼서 시작의 날을 말아먹었다.

그것들에게 나와 우리 가족의 미래, 더 나아가 전 인류의 미래를 맡길 수는 없는 일이었다.

조나단이 말했다.

"첫째로 아랍계 자금이 하루가 다르게 빠져나가고 있어. 그것들 때문에라도 정신이 없을 거고. 둘째로 우리는 행정 소송도 불사할 거야. 지금까지 은행업에 진출을 못 했던 것은 정부의 빌어먹을 관심 때문이었지, 법률적으로는 문제 없어. 다만."

조나단의 입꼬리가 피식 올라갔다.

"정부하고는 완전 척을 지겠지. 그거 다 감수하고 진행할 만큼 득이 커. 지금 주저하면 배는 영영 떠나서 안 돌아와."

"은행 인수 후, 브라이언이 계획하고 있던 상품들 말인데."

조나단이 문득 조용해졌다.

그는 어쩐지 불안한 시선으로 이어질 내 말을 기다렸다.

"독물(毒物)이 가득 차다 못해 흘러넘치더군."

우리가 우리 손으로 서브 프라임 사태를 일으키는 꼴이란 말이다.

08년의 세계 경제 대공황을!

"그래서?"

"마음에 든다. 어차피 우리가 빠져도, 다른 돼지들이 그 자리를 채우고 말겠지."

조나단의 표정이 밝아졌다.

"큭. 썬, 그렇다고 우리까지 돼지로 매도하면 어떡하냐."

"우리가 하려는 게 그런 일인 걸 별수 있나. 제대로 돈 벌어 보겠다면 양심 따윈 버리고, 그렇게 돼지가 되는 거지. 그보다도 난 브라이언이 그런 기획을 냈다는 게 신기해."

"브라이언은 이 거리에 몰입했어."

월가.

조나단은 창밖의 거리를 쳐다보며 대꾸했다. 테러 사건 이후로 인적이 뜸해졌을 그 거리는 활기를 되찾는 중이다.

"조나단. 너도 슬슬 생각해 봐야 할 거다. 돈을 긁어모으는 이유. 무작정 흘러가는 대로 욕심에 취할 게 아니라, 제대로 된 이유 말이다."

"내 욕심이 커 봤자, 어디 너에게 비교가 되겠냐."

조나단은 사람 좋은 미소로 웃어넘겼다.

"그래서 너는 뭔데?"

그가 반문했다.

"나는…… 우리 가족을 위해서."

시작은 거기서부터였다.

Chapter 2.

그 길드장은 야욕이 많은 자였다.

길드의 순 화력보다 한 등급 위의 던전을 공략하길 원했다.

그때까지만 해도 팔악팔선이 행패를 부리기 전이었다.

국가 소유의 던전이 입찰에 붙여지던 시절. 던전 공략과 게이트 전투가 국가 주도에서 민간으로 넘어가던 과도기적 시절.

그 시절에 길드장은 길드의 데이터베이스를 철두철미하게 조작했다.

길드원들의 등급을 한 등급씩 올리는 것은 물론. 같이 속

셈을 꾸민 다른 길드들과 합심하여 그동안 공략해 온 던전과 공략 예정인 던전들의 정보를 수정하는 것으로 제 길드를 한창 상승세 중인 유망 길드로 포장하는 데 성공했다.

그러나 결과는 뻔했다.

그렇게 탐내던 던전을 공략할 수 있게 되었으나, 결국 핵심 맴버들이 던전 안에서 몰살당하며 그 길드는 소리 소문 없이 해체되었다.

던전에서 죽어 버린 핵심 맴버들도 길드장과 한통속이었다. 때문에 본인들 스스로 화를 자초한 격이었다.

여기서 피해자는 없다.

하지만 같은 문제를 이 시절로 끌어오면 이야기가 달라진다.

대표적인 경우로 우리나라의 대후가 그랬다.

데이터베이스, 즉 장부를 조작하여 기업을 한창 유망하게 포장했다.

손실 규모를 줄이고 이익 규모를 크게 부풀렸다. 위의 길드처럼 던전 안에서 스스로 자멸해 버리면 문제가 될 게 없다.

그런데 문제는, 길드는 던전에 입찰하기 위해서 국가를 속여 넘긴 것이었지만, 대후는 국가와 더불어 민간의 투자자들까지 속여 넘겼다는 데에 있었다.

하향세인 기업에게 어느 국가가 정부 사업을 일임하고 어느 투자자가 돈을 대 주겠는가.

이는 명백한 사기였다.

테러 사태 후에 터진 대규모 분식 회계 사태는 미 정부에 또 한 번의 충격을 가져다주었다.

재계에서는 테러 사태보다 더 심각한 피해라고 주장하는 사건이다.

연방준비제도에서 우리의 은행업 진출에 시비를 걸다가도 급히 발을 빼 버릴 수밖에 없는 데에 이유가 추가된 것이었다.

우리의 뉴욕 그룹에는 금번의 분식 회계 사태로 시비 걸거리가 없었다.

시장의 강렬한 바람에도 불구하고, 애초부터 뉴욕 그룹은 기업 공개(IPO)를 하지 않은 상태.

다른 기업들처럼 분식 회계를 통해 투자자를 속일 이유가 존재하지 않았던 것이다.

"다음에 뵙겠습니다."

재무부에서 나왔던 관리는 뻔한 이야기만 듣다가 나갔다.

그자가 나가자마자, 조나단이 재떨이에 침을 뱉었다. 줄

곧 재무부 관리에게 향했던 미소가 일순간 사라진 뒤였다.

"저 새끼들만 오면 피가 말라. 재수 없는 새끼들."

"그래도 이번에는 은행 이야기가 한마디도 나오지 않았다. 이제 마무리 지어도 되겠어."

역사적인 날이 목전에 이르렀다.

은행업이야말로 금융의 상징. 비로소 뉴욕 그룹이 제도권으로 진출하는 거다.

"같이 갈래?"

조나단이 물었다. 하지만 내게는 따로 중요한 일이 있었다.

"아니, 가서 다 긁어 와."

"선생님과 저녁 약속?"

조나단이 흐흐 하고 음흉한 미소를 폈다.

"한동안 연락이 닿지 않을 거다. 그렇게 알고 최대한 네 선에서 진행해."

"무슨 일인데?"

"독일 출장."

＊　　　＊　　　＊

조용한 재즈 음악이 흐르는 레스토랑 안.

우연희는 카지노칩의 죽음에서 상당히 벗어난 듯 보였다.

그녀처럼 감정을 읽을 수는 없으니, 그저 표정으로만 살필 수밖에.

"나 때문이라면 괜찮아."

"뭘."

"새로운 팀원을 받아들이는 거 말이야. 그거 꼭 필요한 일 아니었어? 계속 생각해 봤는데, 나 때문인 게 맞아. 그래서는 안 되는 거잖아."

"인마. 적당히 해라. 이제는 동급으로 맞먹으려 하네? 그 녀석 얘긴 하지 말자. 녀석은…… 약한 녀석이었어."

우연희는 뭐라 말하려다가 그만두었다.

"요 며칠 미국에 있으면서 느낀 게 많아. 더 제대로 준비하고 싶어. 그래서 그래. 테러 사건 때문에 이렇게 난리인데 나중에는 얼마나……."

원래는 우연희에게 들려주지 않을 생각이었다.

그러나 그녀의 고민 가득한 표정 앞에서 마음이 흔들리고 있었다.

"다 계획이 있다."

"계획?"

"우리보다 사람 보는 눈이 더 좋은 녀석이 있지. 육성가로 그 녀석만 한 자도 없어."

그 녀석이 '고양이'로서 활동을 시작했다는 보고는 작년부터 이어지고 있었다.

고양이로 의심되는 다른 사람들을 규합하고 있는데, 그 수가 현재 서른 명에 육박한다는 보고가 바로 엊그제였다.

정신 병원. 아마도 민간의 회선을 도청하면서까지.

유럽 지역의 사전 각성자들을 공격적으로 모아 대고 있었다.

돈과 사회적 지위 그리고 인프라 역시, 대단한 녀석이기 때문에 각성자로 자각하자마자 행보에 거침이 없었다.

이쯤이면 눈치챘을 것이다.

맞다.

녀석은 이선(二善).

서유럽을 재패하였던 레볼루치온이 태동 중에 있었다.

시작은 녀석이 닷컴 붕괴 직전에 제 사업을 정리하고, 독일 정부의 통신 사업을 가져오면서부터였다.

"그런 사람이 있었어?"

"그러니까 넌 신경 끄고 서울로 돌아가 있으란 거다."

＊　　　＊　　　＊

녀석의 조직이 완전히 자리를 잡기 전인, 지금이 제격이었다.

보고에 따르면 녀석의 '사설 고용인 집단'은 늘고 있으면 늘고 있었지 줄은 적은 없었다. 던전에 들어가기 전이란 거다.

녀석의 활동 지역 주위에 존재하는 던전들을 매입해 두지 않았던 것도, 오늘 같은 날을 가정해 뒀기 때문이었다.

"처음 뵙겠습니다."

우리는 독일의 수도에서 접선했다.

그간 녀석의 저택 경호원으로 잠입해 있던 요원은 오늘만큼은 사복 차림이었다.

그가 잠입 이후의 일들을 다시 추려서 보고했다.

외부인.

그러니까 '고양이'로 의심되는 사람들이 저택에 들어오는 일이 잦아졌고, 그들은 따로 비밀스럽게 다뤄지는 중이었다.

요원이 엿볼 수 있는 영역은 거기까지가 한계였다.

문제는 어떤 자연스러운 방법으로 녀석의 집단에 흘러들어가냐는 것이었다.

녀석이 통신 회선을 감청해서 사전 각성자들을 모으고 있다는 것은 어디까지나 추정에 불과했다.

실제로 호텔에 머물며, 녀석이 소유 중인 통신 회선 상에 밑밥을 던지기도 했으나 통 연락이 없었다.

녀석의 저택에 침투해 보고 나서야 추정이 진짜였다는 걸 깨달았다.

단지 감청 기술이 완벽하지 않았던 것이었다.

그래서 할 일이야 뻔했다.

감청 대상 목록에 새로 개통한 내 번호를 끼워 넣고 통화 자료를 첨부해 놓았다.

그리고 드디어 낯선 자에게서 연락이 들어왔다.

〈 베를린 텔레콤입니다. 〉

아리따운 여성의 목소리였다. 사용 언어는 독일어가 아니라 영어였다.

그래서 확신이 들었다. 미끼를 물었구나!

〈 한 가지 양해 부탁드릴 일이 있어서 연락드렸습니다. 사용하시는 여행자 회선에 기업 차원의 큰 문제가 발생하여, 잠시 뵙고자 합니다. 묵고 계신 호텔을 가르쳐 주신다면 우리 직원이 파견 나가 몇 가지를 확인하고, 소정의 보상을 해 드리고자 합니다. 〉

〈 오래 걸리는 일인가요? 지금 호텔에 있긴 한데, 여행 일정 때문에 곧 나가 봐야 합니다. 〉

〈 묵고 계신 호텔이 어디신지요? 〉

〈 윌슨 가든 인 베를린입니다. 〉

〈 지금 바로 직원을 보내겠습니다. 10분 내외로 도착 예정이니, 로비에서 기다려 주시겠습니까? 〉

〈 빠르군요. 그 정도라면 괜찮을 것 같습니다. 〉

아마도 호텔이 밀집한 이 거리 어딘가에 사람을 보내 놨을 거다.

내가 앉은 자리에서는 호텔 출입구가 환히 보였다. 여행자들과 다른 나라에서 온 바이어들이 오가고 있던 그때였다.

"설마……."

순간 머리털이 쭈뼛 서는 느낌을 받았다.

다른 게 아니었다.

절대 잊을 수 없는 얼굴이 호텔 로비로 들어왔다.

저자를 여기서, 또 이런 식으로 만나게 될 거라고는 조금도 예상하지 못했다.

사선(四善)이라니!

천부적인 전투 재능만으로 팔악팔선의 지위에 오른 자!

저자는 스킬도 아이템도 구렸었다.

그래서 항간에는 순 능력치 싸움으로만 서열을 세운다면 저자야말로 제일이라는 말이 떠돌았었다.

물론 의미 없는 이야기였다.

각성자들의 세계에서 스킬과 아이템을 어떻게 빼놓을 수 있겠는가.

그럼에도 저자는 지독하게 더러운 운발을 극복하고 제 재능으로만 최고 중의 한 자리를 차지했었다.

그런데 이선과 사선은 원수지간이었다. 둘이 한자리에 모였던 경우는 칠마제 중 하나가 습격해 온 날밖에 없었을 정도로 말이다.

그런 사선이 이선의 그룹 안에서 모습을 드러낸 것이었다.

아…….

그랬던 건가. 사선 또한 한때는 이선의 레볼루치온에 속해 있었던 건가.

본 시대에서는 알 수 없었던 그들의 뒷이야기였다.

사선이 로비 직원과 이야기를 주고받기 시작했다.

로비 직원이 내 쪽을 가리킨 시점에서, 그의 발걸음이 내게로 향했다.

나 역시 한때 사선을 동경했던 적이 있었다.

그가 시스템에 광적으로 미치기 전까지.

돌이켜 보건대.

불운의 대명사이기도 했던 그가, 시스템을 추종한 일은
꽤나 모순된 이야기다.

"레오나드?"

그가 물었다.

목소리는 기억했던 대로 강직했다.

그는 누가 봐도 통신 회사에서 나온 사람이 아니었다.

슈트 위로 건장한 육체가 고스란히 드러나 있었다.

나는 그의 전신부터 훑었다. 장신구는 반지가 유일했으
나 그것도 아이템은 아니다.

"베를린 텔레콤에서 나오셨나요?"

잘되진 않겠지만 일단은 어리숙한 척했다.

"미하엘이라고 합니다."

사선은 독일식 이름을 쓰고 있었다.

그러나 사선의 태생은 홍콩이다. 외모 또한 나처럼 동양
계 남성의 그것.

"회선에 어떤 문제가 있다는 겁니까. 이러다 늦겠어요.
빨리 끝내 줬으면 하네요."

"무슨 급한 일이?"

여행 팸플릿을 들어 보였다.

현재 쓰고 있는 레오나드라는 신분은 한국계 미국인 2세로, 배낭여행차 독일에 들어온 사람이었다.

이선의 집단이 나를 회유하거나 혹은 도모하기에 마땅한 신분으로 꾸몄다.

"죄송합니다. 오늘 일정에 대한 보상은 충분히 해 드릴 테니……."

그러면서 사선의 시선이 빠르게 로비를 훑고 돌아왔다.

그는 혼자가 아니었다.

나를 주시하고 있는 시선이 하나 더 있었다.

그는 내가 눈치채지 못했다고 생각하겠지만, 그보다 살짝 늦게 들어온 남자는 처음부터 내 시야 안에 있었다.

남자가 머리를 쓸어 넘기는 것이 아마도 신호였던 모양이다.

그러니 남자 또한 사전 각성자가 틀림없었다.

흥미롭게도.

카지노칩과 동일한 특성을 소유한 것 같다. 바로 추격자 말이다.

이선의 조직은 지난 2년 동안 제법 체계가 잡혀 있었다.

이는 내게도 좋은 소식이었다.

방치해 둔 보람이 있다. 사선까지 덤.

좋다! 매우 좋다.

"이야기가 길어질 것 같은데, 자리를 따로 옮겨도 되겠습니까?"

사선이 미끼를 제대로 물었다.

질리언은 북미에서 이탈한 오일 머니를.

조나단은 북미의 은행업을.

그리고 나는 이선과 이선의 조직 전체를 공략하기 시작했다.

*　　　*　　　*

비밀 조직들은 여러모로 시스템이 비슷하다.

엄격한 강령으로 비밀을 지키고 조직원들을 통제할 수 있는 수단과 보상을 만들어 둔다.

그리고 다른 일을 궁리할 정신이 없게 만든다. 예컨대 아드레날린을 솟구치게 하는 것인데, 이선은 색(色)을 사용했다.

"마음에 드는 여자를 고르고, 번호만 말씀해 주시면 돼요."

안내자는 OL의 느낌이 다분한 여자였다.

여자가 책자를 내밀었다.

그것은 모델 에이전시 업체에서나 다룰 법한 물건으로 100여 명의 다양한 여자들로 꽉 채워져 있었다.

신체 사이즈와 나이가 적힌 프로필 외에 성격까지도 첨부돼 있었다.

책자를 닫으며 여자를 빤히 쳐다보았다.

"마음에 드는 여자가 없나요?"

그럴 리가 없을 텐데요, 라는 얼굴이었다. 그 얼굴을 가리켰다.

"엔젤라. 당신은 안 됩니까?"

여자의 두 눈이 동그래졌다. 그것도 잠시, 여자의 눈은 가느다란 눈웃음을 지었다.

거기까지가 이선의 조직에 스며든 첫날 밤이었다.

물론 가명이겠지만 여자의 이름은 엔젤라였다. 이 여자를 침실로 끌어들인 이유는 그녀가 첫 연락책이었기 때문이다.

그래서 공을 들였다. 내 욕구가 아닌 그녀의 욕구에 중점을 뒀다.

그녀의 신음 소리가 어찌나 컸던지, 무장한 경호원들이 방 안을 확인하러 올 정도였다.

"어쩐지 그간의 피곤이 다 풀려 버린 것 같네요."

여자의 얼굴에 만족스러운 홍조가 가득 피었다.

나를 바라보는 시선 또한 꽤나 상냥하게 변해 있기도 했다. 처음의 가식이 아닌, 진심으로.

그녀가 내 가슴을 매만지며 얼굴을 기댔다.

이번에는 내가 그녀의 어깨를 매만져 줄 차례였다.

"당신도 나와 같습니까?"

열성적이었던 정사가 남긴 숨결이 여전히 우리 사이를 감돌고 있을 때.

여자가 그걸 언급했다.

"우리라고 하죠. 맞아요. 나도 당신과 같아요."

"솔직히 비정상적인 별종이라고 생각했습니다. 컴퓨터 게임에 과도하게 몰입해서 생긴 정신병이라고도 생각했죠."

"그렇게 생각하는 것도 무리가 아니에요. 대부분이 그랬어요. 우리 그룹에 들어오기 전까지는."

"제가 궁금한 건 그겁니다. 회장님께선 우리 같은 사람을 모아서 뭘 어쩌겠다는 거죠? 우리들의 능력은 사실 별게 아닙니다."

"그건 몰라서 하는 소리예요. 다양한 능력들이 있어요. 각각의 능력이 한데 모이면 굉장한 시너지를 일으키게 되죠."

"예컨대?"

"레오나드 리의······."

"'리'라고 불러요."

"리는 박스에서 인장만 띄웠잖아요."

내 가슴을 더듬던 여자의 손이 정확히 인장 쪽으로 향했다.

"스킬이란 게 있어요. 인장은 일회성으로 그치지만, 스킬은 영구적이죠. 그래도 인장을 다섯 개나 띄운 건 대단한 일이에요."

"왜죠? 저는 아직 이해가······."

"퀘스트가 그렇게 많이 발생하지 않거든요. 추가 박스를 얻기 위해선 아마도······."

여자가 말을 흘리며 화제를 돌렸다.

"미하엘에게 다른 이야기 못 들었죠?"

미하엘은 사선을 부르는 이름이다.

"예."

"내일부터 미하엘이 하나씩 가르쳐 줄 거예요."

"어차피 알게 될 일인 것 같은데 지금 들려주시죠."

나는 여자의 몸에 올라탔다.

"어맛!"

놀란 소리가 약하게 흘러나왔다.

꺄르르 간드러지게 웃던 소리가 신음 소리로 변한 무렵.

그녀가 애타는 눈빛을 띠었다.

"여기서 내려다보니 더 아름답네요."

"제게 잘 보이려 할 필요 없어요. 리는 이미 회장님의 큰 관심을 받고 있을 거예요."

"아니요. 당신은 정말 예뻐요. 유럽을 여행하고 있던 이유도 당신 같은 여자를 찾기 위해서였죠. 뜻하지 않은 만남이었지만."

다시 옆으로 누웠다. 천장을 바라보며 하소연하듯 말했다.

"제 발로 들어오긴 했지만 솔직히 무섭습니다. 바른 결정을 했는지도 의심이 들고요."

"왜 아니겠어요. 작년까지만 해도 저 역시 리와 같았는 걸요. 리."

"예."

"우리는 좋은 사람들이에요. 제가 나쁜 사람처럼 보이나요?"

아니.

어리숙한 애송이다.

본 시대에서였다면 그것만큼이나 나쁜 게 없었다.

내가 말했다.

"사람은 목적에 의해 얼마든지 변할 수 있습니다. 제가 두려운 건 그거예요. 엔젤라. 저번 달에 뉴욕에서 일어난 일만 해도 그렇죠. 그날에만 수만 명이 다치거나 죽었습니다. 회장님이 우리 같은 사람들을 모으는 목적이 결코 좋은 의도일 것 같지 않습니다. 제가 이상한 겁니까?"

"이상하지 않아요. 당연한 생각이죠. 하지만 곧 아시게 될 거예요."

"그게 잘못된 겁니다. 가짜든, 진짜든. 납득할 수 있는 목적이 필요해요. 여기에 진심으로 다가서기 위해서는 말이죠."

그때 여자의 입에서 단어 하나가 흘러나왔다.

"던전."

"던전?"

"다음 주에 예정이 되어 있어요."

*　　　*　　　*

일주일 동안 이선의 조직에 스며들기 위해 노력했다.

영어가 통하는 자들.

예컨대 사선과 엔젤라 같은 자들과는 꾸준히 교류했고.

쓸모없는 총기 훈련에도 모두의 눈에 띌 만큼 열성적으

로 임했다.

훈련 교관은 내게 천부적인 군인이라며 엄지손가락을 추켜세웠다.

모두의 관심이 내게 쏠리기 시작했다. 그래도 나는 이 조직에 들어온 지 일주일밖에 되지 않은 외톨이 신세였다.

"너는 나처럼 운이 지지리도 없거나 거짓말쟁이야."

하루는 사선이 내게 말했다.

"그게 무슨 뜻입니까."

"인장을 다섯 개나 가졌으면서 스킬 하나 없다니."

그러면서 사선은 대련장으로 눈길을 돌렸다. 거기에서는 스킬을 가진 사전 각성자들이 대결을 벌이고 있었다.

낯익은 자가 한 명 있었다. 레볼루치온의 휘하 길드장을 역임했던 S급 헌터.

그런데 그조차 어수룩하기 짝이 없는 장난질에 가까웠다.

조직에서 재사용 시간이 긴 스킬들보다 총기 훈련에 더힘을 쏟고 있는 이유가 바로 그 때문이었다.

그리고 그것은 이 조직이 단 한 번도 던전을 접해 본 적이 없었다는 분명한 증거였다.

이선의 컴퓨터에 던전과 관련된 기록이 하나도 없었듯이 말이다.

"회장님은 언제 뵐 수 있는 겁니까. 당신을 따라 들어온 지 일주일이나 지났습니다."

"회장님은 꼼꼼하신 분이시지."

"외부인 취급은 그만두시죠. 언제까지 날 꿔다 놓은 보릿자루 취급할 겁니까."

"그게 아니야. 너는 이미 우리 일원이다. 탓할 대상을 찾기 전에 독일어 실력이나 키워. 그래야 팀원들과 융합이 될 거 아냐."

"영어, 한국어, 일어. 삼 개 국어가 가능합니다. 여기에 독일어까지 바라는 건 무리 아닙니까."

"총기 훈련은 그쯤이면 됐어. 그러니까 언어부터 어떻게 해 보라는 거다. 너 머리 좋은 거 알아."

"안다면 회장님을 만나게 해 주십시오."

"때가 되면 만날 수 있을 거야. 대체 왜 그렇게 애처럼 징징대?"

"여기에 들어온 건 돈 때문이 아닙니다. 당신이 말했던 신세계 때문이었습니다. 한데 돌아가는 꼬락서니를 보니, 언제 그걸 보게 될지 요원하단 말입니다. 던전 말입니다. 던전이요. 그게 이번 주 아닙니까?"

"그거 때문이었나?"

"그럼 뭐겠습니까."

"……회장님께서 결정하실 일이다. 준비될 때까지 잠자코 있어."

내가 저택에 들어온 이후로 이선은 그림자 하나 비치지 않았다.

그가 나를 의식했을 리는 없다.

그저 조직의 첫 던전 공략 시기와 내가 들어온 때가 묘하게 겹쳤기 때문인 것 같았다.

그리고 지금까지 엔젤라에게서 얻은 정보를 규합하건대, 이선은 일찍이 소수의 인원을 데리고 던전을 시찰하러 나선 듯했다.

이선은 정체불명의 초자연적인 공간에 직접 발을 디딜 정도로 머저리가 아니다.

과연 그날 밤, 이선의 호출이 떨어졌다.

그가 저택으로 돌아온 것이다.

일악 같은 경우에는 잘나지도 않은 외모로 나르시즘이 대단했다.

하지만 이 녀석은 다르다. 역사 깊은 가문에서 태어났고 부모로부터 잘난 DNA를 물려받았다. 패색(敗色) 짙은 분위기 따위는 녀석의 잘난 외모에 영향을 끼치지 않았다.

녀석이 고개를 까닥였다. 그의 뒤에 서 있던 무장 경호원이 방문 쪽으로 이동했다.

"이해해 주십시오. 레오나드 리에 대해선 진즉 들었지만 오늘에서야 환영 인사를 하게 되었습니다. 조슈아입니다."

녀석이 악수를 건넸다.

그 손에 걸려 있는 반지 두 개는 F 등급짜리다.

S 등급 아이템들을 걸치고 있었던 본 시대에 비하면 초라하기 짝이 없는 행색.

녀석의 주력 스킬이었던 '오시리스의 영역' 또한 없을 가능성이 높았다. 그 스킬도 참 가공할 스킬이었지.

녀석의 손을 맞잡았다.

근력이라고는 민간인 수준에 불과한 녀석과 악수를 하고 있노라니. 지금 당장 애송이 가면 따윈 벗어 버리고 싶은 충동이 일었다. 녀석의 목을 움켜쥔 후, 저 잘난 얼굴에 대고 일갈하는 거다.

내게 복종하라고.

그렇게 녀석에게 우리 세계의 법칙을 가르쳐 주는 거다.

녀석을 따라 입가에 미소를 띠며 말했다.

"리라고 불러 주십시오."

"조직 생활은 어떻습니까?"

"마음에 듭니다. 특히 밤이."

"하하. 저는 조직에서 통제를 가하는 것 이상의 보상을 해 드리고자 합니다. 그런데 리는 돈을 거부했다지요?"

이미 내 신변 조사를 끝마쳤을 것이다.

가짜로 만들어진 가족 관계, 가짜 부모가 지닌 가짜 유령 회사들. 온통 가짜투성이인 거기에서 진실이라고는 하나도 없었다.

그러니까 녀석이 조사했을 사안들은, 결국 우리 측 조직에서 만들어 낸 허상(虛像)이었다.

"돈을 거부하였는데, 무엇으로 보상이 될까요? 그게 염려됩니다."

녀석이 말했다.

"신세계를 보고 싶습니다. 그게 던전이라는 것도 알고 있고 곧 진입할 계획이 있다는 것 또한 알고 있습니다. 절 끼워 주십시오. 준비는 됐습니다."

"이리와 보세요."

녀석이 손짓했다.

내가 가까이 다가서자, 그가 서랍 안에서 프로필 서류 여섯 장을 꺼냈다.

그중 두 장에는 그들의 스킬과 능력과 능력치가 따로 적시되어 있었다. 그 외 네 장은 민간인 용병의 것이다.

이선이 여섯 명의 프로필 서류에 큼지막한 도장을 찍어 댔다.

「 실종 」

붉은색의 뚜렷한 글자가 연거푸 박혔다.

"던전은 보상으로만 가득 찬 신세계가 아니었습니다. 어쩌면 던전은…… 지옥일 수도 있습니다."

본 시대에서는 항상 자신감이 흘러넘쳤던 녀석이다.

그랬던 녀석의 목소리가 주눅 들어 있었다.

"무슨 일이 있었던 겁니까?"

"그렇지 않아도 모두에게 들려줄 생각이었습니다. 우리 사람들에게 제가 본 바들을 가감 없이 들려주고, 각자의 선택에 맡길 겁니다. 거기까지 들은 다음에 결정하시죠. 갑시다."

녀석이 자리에서 일어났다.

저택 식당.

사전 각성자 전원이 집결해 있었다.

레볼루치온 휘하의 길드진 회의를 염탐하러 갔던 때가 생각나는 광경이었다.

직사각형의 거대한 식탁에 애송이들이 이 열로 빼곡했다.

이선 녀석은 모두가 한눈에 들어오는 자리, 그러니까 제일 상석인 가주 자리에 앉았다.

나는 어김없는 말단이었다.

이선 녀석의 이야기는 독일어로 진행됐다.

짧지만 강렬했는지, 녀석의 이야기가 끝났을 때 좌중들이 웅성거리기 시작했다.

그때 사선이 내게 다가왔다.

"여섯으로 구성된 선발대가 던전 안에 들어간 지, 십 분만에 일이 터졌다고 하셨다. 던전으로 들어가는 통로가 닫혀 버린 것이다. 그들이 죽었는지 살았는지는 모른다."

"듣고 있습니다."

"회장님께서는 그들을 구하기 위해서라도 우리 모두가 진입하길 바라신다. 이번에는 회장님께서도 같이 들어가실 계획이시지. 이젠 네가 선택할 시간이다."

사선이 강렬한 눈빛으로 마저 말했다.

"너는 겁쟁이냐, 아니냐?"

*   *   *

이선 녀석이 저택에 들어오기 전까진, 사전 각성자들의 프로필이 어디에도 존재하지 않았었다.

이선은 사전 각성자들의 정보를 컴퓨터에 파일화하지도 금고에 집어넣지도 않았다.

평상시에 본인이 직접 가지고 다니는 모양이었다.

그날 밤.

나는 녀석이 책상에 넣어 둔 것을 확인할 수 있었다. 그렇게 사전 각성자들 전원의 특징을 훑었다.

예상대로였다.

개중에 탐험자 특성을 가진 자가 있었다.

나와 우연희는 던전을 최초와 차순위로 발견하며 띄운 특성이지만 그자는 카지노칩과 같은 케이스였다. 운발이 좋은 자였다.

탐험자 특성을 띄운 것은 물론 분명히 던전을 발견했던 적이 있었을 텐데도, 여태껏 살아 있는 게 그렇다는 것이다.

사전 각성자들 사이에서는 갈색코(braun nase)라고 불렸다.

실제로 코가 갈색이라서가 아니다. 상사의 엉덩이에 키스를 하다못해 코를 박다 보니 코에 똥이 묻었다 해서 갈색코였다.

갈색코 외에도 운발이 좋은 녀석이 더러 있었다.

그러나 우연희와 같은 정신계는 없다. 정신계는 무척 희귀하니까.

이튿날 사전 각성자들이 집결했다. 이탈자는 한 명도 없었다.

어젯밤은 그럴 수 있는 분위기도 아니었다. 하지만 애초부터 던전이 닫혀 버린 이유를 제대로 아는 녀석이 없었기 때문이었다.

던전이 닫혀 버린 경우는 단 하나밖에 없다. 던전에 최초로 진입한 무리가 그 안에서 전멸했을 때뿐.

민간인도 그 계산에 포함된다.

나는 민간인 무리 쪽으로 시선을 돌렸다. 현재 그들은 전투 배낭을 꾸리고 있다.

그러니까 지금 여기는 두 그룹으로 나뉘어 있는 것이다. 하나는 사전 각성자들, 하나는 민간의 용병들.

전체 인원은 100명을 웃돌고.

용병들 쪽 수가 훨씬 많다.

이선은 이 인원 그대로 던전에 투입될 거라고 설명을 하고 있었으며, 갈색코는 녀석의 시야 안에서 얼쩡거렸다.

이선은 그런 갈색코를 내버려 두고 있었다.

갈색코의 특성이 일반 물건이 아니라는 것쯤은 진즉 확인했기 때문인 것 같았다.

지금 향하게 될 던전도 갈색코가 우연히 발견한 던전 중에 하나일 것이다.

그렇게 조직은 보이지 않는 힘의 배열이 어느 정도 무르익은 상황이었다.

이선이 힘을 실어 주는 녀석들은 당장 가시적인 성과를 보여 줄 수 있는 녀석들로, 탐험자와 추격자 같은 특성과 스킬을 제대로 띄운 녀석들이 주였다.

사선?

그는 본인의 바람과는 다르게 나와 별반 다르지 않은 취급이다.

처음 여기에 합류했을 때에는 사선이 이선의 심복일 줄 알았다. 그러나 지금까지도 사선이 이선과 가까이서 대화를 나누는 모습은 본 적이 없었다.

그런데도 사선은 우리 조직의 믹과 같았다.

조직에 빠져들어서 스스로 충성을 바친다. 우직하게.

"넌 운이 좋은 건지 나쁜 건지 모르겠군. 나는 1년 동안 훈련에 매진해 왔었다. 그런데 넌 고작 일주일이지. 투입되고 나면 차이가 날 수밖에 없어. 그러니까 내 곁에서 떨어지지 말라는 거다."

우리는 한 팀으로 묶였다. 그것도 사선이 윗선에 부탁해서였다.

그 외에 유일한 아시아인이 나이기 때문이었을까.

그는 내 사수를 자처했다.

"탑승!"

멀리서 소리가 들렸다.

사선이 내 어깨를 두드리는 것으로 먼저 일어섰다.

승합차와 물자를 실은 트럭들에서 시동 걸리는 소리가 났다.

배정받은 승합차에는 사선과 나를 합쳐 총 여덟 명이 탑승했다.

사선과 나만 각성자였고 나머지 여섯 명은 용병이다.

노련하고 강인한 분위기를 풍기는 한 용병이 입을 열었다. 그러자 모두가 하던 일을 멈추고 그에게 집중했다. 용병은 사선에게도 어떤 경고를 내렸다.

독일어로만 진행되고 있는 브리핑이었다.

브리핑이 끝난 시점에서 사선이 어젯밤처럼 통역했다.

"이름은 올리버. 올리버가 우리 팀의 리더다. 말도 통하지 않고 합류한 지 일주일밖에 되지 않는 널, 짐짝 취급하고 있다. 짐짝 취급당할 만큼 어리숙하지 않다는 거 보여 줄 수 있을 거라고 믿는다."

그러면서 사선은 용병들의 이름을 하나씩 가르쳐 주었다.

기억하지 않아도 될 이름들.

일단은 같은 팀이 된 용병들과 인사를 마쳤다. 썩 달갑지 않은 느낌들이 다분한 눈 맞춤이었다.

이것이 현실이었다.

애송이 사전 각성자들은 실제 전장을 겪어 봤던 용병들보다 아래 계급으로 취급받고 있다.

기분이 묘했다.

가장 강력한 무력 집단이었던 레볼루치온의 시작이 이러했다니 말이다. 게다가 사선까지도 졸병 취급이라니.

내가 피식 웃어 버리자 싸늘한 시선들이 바로 꽂혀 들어왔다.

사선이 바로 뇌까렸다.

"우리가 특별하다는 건 잊어. 너와 내가 이들보다 나은 건 인장밖에 없다. 이들과 한 팀이 된 이상, 우리는 이들에게 목숨을 맡긴 거야. 모르지 않겠지?"

"압니다."

"그럼 뭐가 문제인 거냐."

뭐가 문제긴, 하나부터 열까지 제대로 된 게 없다는 것이 문제다.

이선은 군사 작전을 방불케 하는 규모를 가동하고 있었다.

역시 녀석은 알지 못하는 것이다.

물량은 답이 아니다.

도리어 독이 될 수 있다.

공포가 합쳐져 버렸을 때 발생하는 공황 상태는, 소수보다 다수 쪽이 더 굉장한 법이다.

"아마도 던전에서는 기존의 상식이 통하지 않을 겁니다. 그런 곳에서는 총칼이 중요한 게 아니라, 각자의 멘탈이 중요하겠죠. 그러니까 이들 중 강인한 멘탈의 소유자가 얼마나 될지 궁금한 겁니다."

"적어도 너와 나보단 나을 거다. 그러니 닥치고 시키는 대로만 해."

사선이 대꾸했다.

나를 한 대 쥐어박고 싶다는 듯이.

* * *

두 시간을 넘게 달려 도착했다.

우리가 탑승했던 차량은 후발대였다.

거기에 도착했을 때에는 이미 초자연적인 광경이 모두의 시선을 사로잡은 이후였다.

푸른빛이 뿜어져 나오는 전경 아래로, 던전으로 내려가

는 계단이 보였다.

먼저 도착한 이선이 던전을 개방시켜 놓은 것이다.

그가 던전 앞에서 일장 연설을 시작했다.

본 시대에서도 이선의 연설은 유명했다. 그는 어떻게 해야 군중의 피를 들끓게 할 수 있는지 너무나도 잘 알고 있었다.

그것만큼은 인정할 수밖에 없었다. 초자연적인 광경에 몰려 있던 시선이 어느덧 이선에게 집중되어 있었으니 말이다.

사선도 이선의 연설에 흠뻑 빠져 있었다.

누구도 내게 통역을 해 주지 않고 있으나, 이선이 자아내는 분위기만큼은 통역이 필요 없었다.

가히 이선다웠다.

녀석이 연설을 끝내자, 갈색코가 눈물이 글썽거리는 얼굴로 박수를 쳐 댔다.

그것을 시작으로 환호 소리가 터졌다.

와아아아!

우리는 할 수 있다. 뭐 그런 느낌의 독일어들이 사방에서 튀어나왔다.

그렇게 소리를 질러도 될 만큼, 일대의 통제는 완벽한 상태였다.

사실 조용히 진행해야 하는 일이 맞다.

그러나 이선은 도리어 사람들의 흥분을 부추겼다. 한 명한 명과 악수를 나눈다. 녀석은 특수 임무 직전의 특공대를격려하는 어느 국가의 수장처럼 행세했다.

열기가 식기 전.

이선은 각 팀을 던전에 투입하기 시작했다. 그리고 우리차례였다.

"여기까지 나를 믿고 따라와 줘서 감사합니다. 보상은모두와 함께 공유할 겁니다. 최선을 다해 주십시오. 리."

녀석은 제일 후발대로 진입하거나, 혹은 아예 진입하지않을 생각인 것 같았다.

어느 쪽이든 상관없었다. 그래도 녀석이 들어오는 게 최선이긴 한데…….

"회장님께 용기를 얻었습니다. 먼저 들어가서 기다리고있겠습니다."

그러며 이선의 반응을 확인했다.

그는 시선이 흐트러지지도, 다른 마음을 애써 미소로 감추지도 않았다. 놀랍게도 정말 들어올 생각인 것 같았다.

본 시대였다면 모를까 아직은 평화로운 시절. 남부러울게 없는 녀석이었다.

그런 녀석이 목숨이 어떻게 될지 모르는 미지(未知)의 공간에 발을 디디려 하는 것이다.

줄곧 지켜보건대 녀석이 아랫사람들을 다룰 때 보이는 모습들은 가식처럼 보이지 않았다. 어젯밤 내게도 보였던 그 모습이 꾸준했다.

그게 중요하다.

진심이야 어쨌든, 그렇게 보이지 않는다는 것이 말이다.

"준비됐지?"

사선이 내 어깨를 툭 치며 말했다.

이선이 다른 사람들을 격려하러 떠난 시점에서였다. 그리고 어김없이 갈색코는 그런 이선의 뒤를 쫓아 짤랑거리고 있었다.

"입으로만 떠벌이는 데에는 한계가 있다. 네가 말했던 대로라면, 던전 안에서 진짜와 가짜가 구별될 거다. 회장님께서도 아시게 되겠지."

사선은 이선에게 아부를 떠는 갈색코의 뒷모습을 향해 뇌까렸다.

질투와 혐오가 한데 뒤섞인 시선.

"미하엘은 사회에서 어떤 일을 했습니까?"

"그런 건 중요하지 않잖아."

그가 대답을 회피했다. 모르긴 몰라도 그는 사회의 낙오자였을 것이다.

능력 없는 자가 아부를 떠는 것은 비웃음만 살 일이다. 그러나 갈색코처럼, 가시적인 능력을 가진 자들의 아부는 사회에서 '정치력'이라고 불린다.

월가에서는 특히 더했다.

같은 능력을 가진 동료들 사이에서 성공을 결정짓는 게 정치력이었다.

자리는 한정되어 있고 한 계단씩 오르다 보면 자리의 수는 현저하게 적어지기 때문이었다.

똑똑하고 야망도 큰 엘리트들 간의 정치 싸움은, 대개 아부로부터 시작했었다.

그래서 나는 갈색코를 여기 사람들처럼 나쁘게 보지 않는다.

꼭 저런 자들의 멘탈이 강했다. 치졸한 이야기지만.

어쨌든 첫 계단을 막 밟았을 때, 먼저 들어간 사선이 놀란 눈으로 나를 쳐다보았다.

"스킬이 떴다. 개안. 넌?"

기쁨이 가득한 목소리였다.

"저도 떴습니다. 개안. 하지만 기뻐하긴 이른 것 같군요. 각성자인 이상 누구나 얻을 수 있는 스킬이라면."

"그…… 그런가."

"스킬에 얽매일 필요가 뭐 있겠습니까. 현재로선 재사용 시간이 길고 그다지 위력적이지도 않는데. 일단 내려갑시다."

뒤 팀 차례가 시작되고 있었다. 그렇게 내려간 입구 방은 적당히 소란스러웠다.

우리를 인솔 중인 올리버 또한 손전등 버튼만 열심히 눌러 댔다. 그래 봤자 현대 문물은 여기에서 아무것도 통하지 않는다.

소란의 중심은 대개 용병들 쪽이었다.

당황한 그들이 라이터 불빛에 의존하며, 사전 각성자들에게 이것저것 캐묻고 있었다.

올리버와 우리팀 용병들도 사선을 붙잡고 늘어졌다.

"……이 사람들은 아무것도 볼 수 없는 모양이다. 이 사람들로선 어둠에 갇힌 꼴이 됐어."

사선이 말했다.

용병들 중 누구는 급하게 횟불을 만들었다. 그러고 나서야 그들은 던전에 깔린 어둠이 우리가 알던 그것이 아니라는 것을 깨달은 것 같다.

커다랗게 타오르는 횟불이나 조그마한 라이터 불빛이나 밝힐 수 있는 영역은 똑같다.

바로 옆 사람의 얼굴을 확인할 수 있을 정도뿐일 거다.

긴장된 분위기가 두려움으로 변해 확산되던 중.

몇 개 팀이 더 내려왔다.

제일 궁금했던 이선도 함께였다. 이선의 목소리가 울렸다.

사선이 녀석의 말을 전해 왔다.

"팀을 다시 조직해야겠다고 하신다. 따라와."

Chapter 3.

팀이 재편성됐다.

각 팀의 리더도 용병에서 각성자로 변경됐다.

힘의 주도권이 용병에게서 사전 각성자들에게로 넘어온 시점이었다. 당연한 일이다.

"뭐 이런 곳이 다 있지."

사선이 조용히 말을 건네 왔다.

"뭐랍니까."

"아무것도 동작하지 않는다 한다. 심지어 총기와 수류탄들도. 용병들은 맹인이나 다를 바 없어졌어. 이래서는……."

한편 각 팀은 서로 어깨가 부딪칠 정도로 빼곡하게 운집해 있었다.

이선과 이선에게 고용된 용병 대장의 지시에 의해서였다.

긴장된 땀 냄새와 호흡 소리가 몹시 가깝다. 그렇게 모두가 기합받듯 방 중앙에 밀집한 상태라, 한 명 한 명의 표정들이 뚜렷했다

민간인. 그러니까 용병들은 여기에 합류한 결정을 몹시 후회하고 있는 얼굴들이었다.

하지만 지금은 아무것도 시작하지 않았다.

"회장님께서 곤란해지셨다. 믿었던 용병들이 아무 쓰잘머리 없어졌어."

그때 이선은 보고를 받고 있었다.

추격자 특성의 대머리가 이선에게 몇 가지 보고하는 바들은 뻔했다.

숫자들이 언급됐다. 그리고 그 숫자들은 문 너머의 몬스터 숫자와 일치한다.

방문은 두 개.

각 문 뒤로는 한 마리씩밖에 존재하지 않는다.

그러나 여기는 무력 면에서는 월등한 바클란 군단의 영역이다.

견졸의 데클란 군단과도 비슷한 이름인데, 이름 따위만 그렇다. 이것들의 체구와 힘은 견졸들을 압도한다. 대신 개체 수는 적은 게 바클란 군단이다.

"이동 명령이다."

우리는 문 앞으로 옮겨졌다.

원거리 공격 스킬을 가진 녀석들이 포수 역할을 하고, 탱킹용 스킬을 가진 녀석들은 포수 앞에서 방어하며, 근거리 공격 스킬을 가진 녀석들은 좌우로 배치되어 언제든 투입될 수 있는 진영.

나와 사선처럼 인장이나 별 효과 없는 아이템만 가진 녀석들은 최후방으로 배치됐다.

진영 자체는 평이하다.

용병들이 병풍처럼 우두커니 서 있는 것만 빼면 말이다. 각성자들은 그런 용병들을 슬슬 불만스럽게 쳐다보고 있었다.

이윽고 추격자 대머리가 문을 열었다.

끼이익—

모두가 숨을 죽이고 전방을 노려보았다. 저기에서 뛰쳐나올 게 천사가 아닐 거라는 것만큼은, 지독한 어둠이 알려주고 있었다.

금방이라도 무슨 일이 벌어질 듯한 긴장감만 팽팽했다.

어떤 소리도 뛰쳐나오는 것도 없었다. 침 넘어가는 소리가 가득한 가운데, 이선이 추격자 대머리에게 재차 확인했다.

대머리의 기감(氣感)은 틀리지 않았다.

단지 소 대가리를 단 거구의 몬스터가 통로 끝자리에서만 서성거리고 있을 뿐이었다. 몬스터와 이선의 사람들은 서로를 보지 못하는 거리였다.

이선과 사람들이 보지 못하는 것은 그뿐만이 아니다. 문은 좁지만 통로는 넓다. 빠르게 진입해서 이 진영을 다시 갖출 수 있지만, 이선은 결국 선발대를 보내기로 결정했다.

소 대가리를 달고 있다 해서 우졸(牛卒)이라 불렸다. 우졸은 제 괴력으로 대상을 뭉개 버리거나 사지를 찢는 걸 즐겼다.

스킬 구성에 맞춰서 편성된 선발대였으나, 결과는 예상대로다.

처절한 비명.

"으아아악!"

"도와줘! 아! 아! 살려 줘어어어엇!"

"크억!"

갑자기 시작된 비명 소리에 모두의 얼굴에 공포가 물들었다.

이선이라고 그리고 사선이라고 다르지 않았다.

진영은 바로 흐트러졌다. 각성자들이 자신들도 모르게 뒷걸음질을 치다 보니 병풍이었던 용병들과 뒤섞여 버린 것이다.

그때 쿵쾅거리는 소리가 시작됐다. 우졸은 체격만큼이나 체중도 상당한 녀석이었다.

선발대를 학살한 우졸이 입구 방으로 뛰어들었다.

"괴…… 물! 괴물이닷!"

녀석은 일개 졸병 따위에 불과한데도, 등장만큼은 보스 몬스터와 하등 다르지 않았다.

"으억!"

우졸은 난데없이 나타나 용병 하나의 목을 거칠게 잡아 뜯었다.

그게 시작이었다.

고작 한 마리에 놀라서 출구를 찾아 도망치는 것이다. 아무것도 보지 못하는 용병들이 제일 먼저였다.

누구는 넘어지고, 누구는 앞사람을 잡아당기고, 또 누구는 아무 말이나 소리쳐 댔다.

그 난리 통에 내 앞으로 뛰어들어온 건 사선이었다.

"시, 시…… 시선을 끌어 주면 내가 뒤에서 친다. 어디지. 어디지?"

그도 떨긴 마찬가지다.

"그럴 필요가 없을 것 같군요."

"겁쟁이 자식."

"따라오시죠."

사선을 우졸이 보이는 가시거리까지 유도했다.

각성자 하나가 이선과 함께 우졸을 바라보고 있었다. 각성자는 오줌을 지린 채로 벌벌 떨고 있긴 하지만 제 할 일을 마친 상태였다.

본래 속박의 인장을 지닌 녀석이었다. 그렇게 우졸은 울부짖고만 있었다. 우아아악, 하고.

그런 우졸의 등에 군용 단검을 쑤셔 넣는 건 이선이었다.

이선은 허수아비나 다름없어진 우졸의 등을 어지간히도 많이 쑤셨다. 우졸이 앞으로 넘어간 후에는 등에 올라타서 목을 그어 댔다.

그 작은 칼로 우졸의 목을 잘라 내고야 말겠다는 듯이 말이다.

본인이 뭘 하고 있는지도 모르는 상태가 분명했다. 패닉에 빠진 눈에는 남아 있는 것이라곤 굉장한 집착밖에 없었다.

그때 사선도 뛰어들었다.

둘이 우졸을 난잡한 솜씨로 도륙하기 시작했다.

속박의 인장을 보유했던 녀석이 질겁하며 도망쳐 버린 까닭은 그런 둘이 자아내는 광기 때문이었다.

우졸은 진즉 죽었다. 그래도 메시지는 뜨지 않는다. 처음부터 파티라는 개념을 모르던 집단 아닌가.

시작의 장에서는 퀘스트로 뜨지만, 아직은 그런 게 없는 것 같았다.

잠시 후 사선이 먼저 일어났다.

그가 이선을 잡아 세운 다음 큰 소리로 외쳤다.

회장님이 직접 괴물을 처치했다는, 충성스러운 발언인 것 같았다.

그제야 소란이 잠잠해지기 시작했다.

사전 각성자 다섯, 용병 일곱.

사망자는 선발대 네 명을 포함해 총 열두 명이었다. 동료의 시신보다 우졸의 시신에 관심이 쏠리는 건 당연한 일이었다.

우졸의 시신을 놓고 의사 둘이 달라붙었다.

비전투 인원들도 합류해 있었는데, 그들의 의복도 엉망이 되긴 마찬가지였다.

비록 최후방에 있었다고 해도, 패닉 상태의 사람들에게 이리저리 치이다 보니 두 의사의 몰골은 말이 아니었다.

엉망이 된 그 손이 부들부들 떨면서 우졸을 해부하기 시작한다.

작은 라이터 불빛 하나에 의존한 채.

"빌어먹을."

사선이 주먹으로 바닥을 때렸다. 사망한 각성자 중에 제법 친했던 녀석이 있었던 것 같다.

그가 충혈된 눈으로 이를 갈았다.

"하나뿐이었다. 고작 하나뿐이었다고. 찌르면 죽어 버리는! 그런데 왜. 왜!"

눈물까지 떨어졌다. 본 시대에서는 절대 볼 수 없었던 모습이다.

본인들의 내전으로 세계를 망쳐 버린 팔악팔선. 그들은 제 집단과 신념 앞에서 냉혈한이었다. 피도 눈물도 없었다.

그랬던 그들 중 하나는 울고 있고, 하나는 넋이 나간 얼굴로 해부 광경만 바라보고 있었다.

이선의 연설로 충만했던 열기는 더 이상 존재하지 않았다. 이선도 바깥에서 했던 연설을 다시 할 생각이 없어 보였다.

그래도 말이다.

이들은 전멸에 가까운 피해를 입었을 테지만 던전 공략을 마쳤을 것이다. 아니면 몇몇은 탈주의 인장을 확보했을 수도 있다.

어떻게든 살아 나가서 가장 강력했던 무력 집단, 레볼루치온의 전신(前身)이 되는 거다. 그게 기존의 역사였다.

아직은 엉성하기 짝이 없지만······.

*   *   *

두 번째 방을 두고 시간이 지체되고 있었다. 대머리가 이선에게 보고한 숫자가 여덟이었다.

삽시간에 이야기가 퍼졌다. 사선도 그걸 주워듣고 돌아왔다.

"저 문 너머에 여덟 마리나 있다고 한다. 지금부터 나는 이것들에게 내 목숨을 맡기지 않을 거다."

"그룹을 이탈하겠다는 겁니까?"

"아니, 선발에 서겠다는 거다. 네가······ 날 도와주면 좋겠는데."

"어떻게 말입니까."

"그건 나도 몰라. 내 옆에서 같이 싸워 달라는 거지. 겁쟁이 자식들에게 휩쓸리다 죽느니, 각 잡고 제대로 해 보자는 거다. 넌 적어도 겁쟁이는 아닌 것 같으니까."

"허가는 받고 하는 말입니까?"

"네 말이 맞았어. 지금 필요한 건 스킬이 아니라 멘탈이지. 회장님께서도 공감하실 거다."

사선은 자신 있어 했다. 그러나 어디까지나 그의 생각일 뿐.

이선은 스킬 없는 사선을 전면에 세울 생각이 없었다.

대신 이선은 용병 대장과 함께 진영의 중요성을 강조했다. 죽일 수 없는 악령이 아니라, 칼로 찌르면 죽는다는 사실을 모두가 지켜보았다.

게다가 던전을 나가기 위해서 갖춰야 하는 '퇴장 조건'이 퀘스트 완료라는 사실 또한, 누가 가르쳐 주지 않아도 알 수 있는 직감의 영역이었다.

괴물들을 죽이면서 어떻게든 나아가야 한다. 그들이 깨달은 규칙은 간단했다.

"잘되지 않겠지."

사선이 진영 앞을 바라보며 중얼거렸다.

"진영이 망가지면 앞으로 나갈 거다."

"……."

"내가 죽고 싶어서 환장한 녀석처럼 보이겠지? 아니야. 누구보다도 죽고 싶지 않기 때문이다. 너라면…… 알 거다."

그러니까 도와줘.

사선은 그런 간절한 눈으로 나를 응시했다.

그때였다. 이선의 신호에 맞춰 문이 열렸다. 이번에는 그 즉시 일어났다.

우졸들의 소 대가리가 문틈으로 빠져나올 때, 원거리 스킬 몇 개가 날아갔다.

우졸은 고통스러운 비명 소리를 동반한 채 진영을 향해 뛰어들었다. 그러고는 진영의 코앞에서 묵직하게 쓰러져 죽었다.

그때까지만 해도 진영은 공고했다.

그러나 연이어 우졸들이 달려 나오면서, 진영은 말 그대로 박살 나기 시작했다.

우르르.

도망치기 위해 완전히 몸을 틀어 버린 자들의 얼굴. 사색이 된 얼굴들이 정면으로 가득해졌다.

그때 사선이 제 쪽으로 도망쳐 온 한 녀석의 턱에 주먹을 먹였다.

그러고는 내게 소리쳤다.

"이런 녀석들에게 목숨을 맡길 테냐! 난 절대 그렇게 못 해!"

사선이 앞으로 뛰어나갔다. 밀려오는 사람들과는 정반대 방향을 향해서.

그 방향에는 위기에 처한 이선이 있었다. 난파한 배의 선장처럼 도망치는 자들에게 소리치고 있는데, 우졸 중 한 마리가 녀석 바로 뒤에 있었다.

비로소 이선이 그쪽을 눈치챈 바로 그때였다.

내가 민첩을 극도로 끌어올린 것을.

쉐에엑—

나는 달려 나간 그대로 우졸의 얼굴을 터트렸다. 첫 번째 우졸은 그렇게 죽었다. 두 번째 우졸도, 세 번째 그리고 네 번째, 다섯 번째 우졸도.

일격에 각 얼굴들이 터져 나갔다. 그것들의 핏물과 살점들이 사방으로 뿜어져 나가던 시각, 여섯 번째 우졸의 것도 추가되었다.

그리고 마지막 우졸이었다. 각성자 하나가 그것의 발에 깔려 있었다.

안간힘을 다해 발버둥 치지만 우졸은 끄떡없었다. 오히려 인간의 두개골을 박살 내겠다는 듯, 큼지막한 주먹을 내리꽂는다.

우졸의 주먹이 각성자의 얼굴에 닿기 바로 직전.

팍!

내 발끝에 박혔다. 휘청거리는 우졸의 목을 움켜쥐었다.

그것이 힘을 쓰기 시작한 것도 잠깐, 힘을 쓰면 쓸수록 자신의 목을 옥죄어 오는 힘이 강해진다는 사실을 깨달았던 것일까. 우졸은 제 목을 쥐고 있는 손을 떼어 놓기보단, 그 주인을 죽여 버리기로 생각을 돌린 것 같았다.

우졸의 양 손이 내 얼굴을 노리고 양측에서 들어왔다.

그게 우졸의 마지막이었다.

콰직!

축 늘어져 버린 우졸의 시체를 끌고 갔다.

모두의 시선이 내게 쏠려 있던 때였다.

진로에는 사선도 있었다.

그가 경악스러운 얼굴로 나와 우졸 시체를 번갈아 쳐다보다가 길을 비켰다.

"이봐. 조슈아."

이선 앞에 우졸의 시체를 던지며, 녀석의 이름을 뇌까렸다.

*　　　*　　　*

"초장부터 이따위 식이면 앞으로는 어쩔 거지? 모두를 죽일 셈이냐?"

이선의 눈빛이 흔들렸다.

갑자기 달라져 버린 내 태도 때문이기도 하지만, 그보다는 순식간에 죽어 버린 우졸들 때문이었다.

내게 말을 붙여 오는 자는 사선이 유일했다.

나와 말이 통하는 자는 그밖에 없었다. 첫 연락책이었던 엔젤라는 저택에 남게 된 소수에 속했다.

"리. 너…… 어떻게 한 거야?"

나는 그의 말을 무시하며 이선을 일으켜 세웠다. 내 손이 닿았을 때 이선은 본인도 모르게 내 손을 뿌리치려 했었다.

"말해 봐. 조슈아. 앞으로의 계획이 뭐냐."

모든 사람들의 이목이 우리에게 집중됐다.

이쪽에서 일어나는 일을 보지 못하는 용병들까지. 소리를 따라 모여들면서 삽시간에 주위가 사람들로 가득 찼다.

"당신부터 대답해 보세요. 어떻게 그렇게 할 수 있었던 겁니까. 당신 혼자서……."

이선.

아니 조슈아의 시선은 다시 주변에 얼굴이 터져 죽은 우졸들로 향했다.

그는 소름이 돋는지, 한 손으로 다른 쪽 팔을 쓰다듬기 시작했다.

"내가 먼저 물었다."

"아니요. 당신은 우리를 속인 것 같군요. 당신은 이런 게임을 여러 번 해 왔던 게 분명합니다."

이선은 제 배낭을 뒤적였다.

거기에서 프로필 파일을 뭉텅이째로 꺼내 내 것을 찾아 냈다.

"모든 능력치 F. 스킬 없음. 보유 인장 네 개."

내가 기입했던 정보를 읽고는, 그 프로필 파일을 내게 건 넸다.

녀석 앞에서 그것을 찢어 버렸다.

웅성거리는 소리가 바로 퍼졌다. 그때 용병대장이 사람 들을 밀치고 들어왔다. 그는 코앞밖에 안 되는 시야를 헤치 며 이선에게 다가갔다.

그가 이선에게 독일어로 말을 시작할 때, 내가 일갈했다.

"영어로 해."

용병대장이 영어를 사용할 줄 안다는 것쯤은 진즉 파악 했다.

우스운 일이었다. 그는 화가 잔뜩 난 표정으로 소리가 들 린 쪽을 노려보았지만, 정작 나를 똑바로 쳐다보지는 못했 다.

사선의 말마따나 민간인들은 봉사나 다름없어진 곳이다.

짐짝은 가만히 있기라도 하지, 용병들이 만들어 내는 두 려움은 계속 확산되어 멘탈이 강한 자들에게까지도 영향을 주고 있었다.

용병대장은 내 말을 무시하고 독일어로 사선과 말을 주고받았다.

그때가 내가 용병대장의 어깨를 짓누른 시점이었다.

"큭."

용병대장은 버티려고 용을 썼다. 하지만 근력을 E 등급 수준까지 끌어올리자, 그가 외마디 비명과 함께 바닥을 뒹굴었다.

"그만둬! 더 이상 선을 넘지 마."

"그럼 어떻게 할 건데?"

이선의 눈빛을 받은 갈색코, 대머리, 사선을 시작으로, 주변의 각성자들이 나를 향해 단검을 보란 듯이 겨눴다.

"웃기는군. 여기가 사회라고 생각하나? 너희들은 야생으로 들어온 거다. 너희들이야말로 선을 넘으면 어떻게 되는지…… 보여 줄까?"

빠지직. 빠지직—

뇌력이 전신의 선을 타고 아지랑이처럼 피어올랐다. 금방이라도 나를 제압할 듯이 굴었던 녀석들이 뒷걸음질 쳤다. 개중에는 화들짝 놀라 엉덩방아를 찧는 녀석들도 상당했다.

어둠 속에서 내가 일으킨 푸른 불꽃만이 번뜩여 대던 그때.

뇌력 한 줄기가 우졸의 시신에 날아가 꽂혔다.

뇌력은 단백질 타는 냄새를 물씬 풍기는 것을 시작으로, 순식간에 시신 전체를 갈기갈기 찢어 놓았다.

검게 그을린 살점들이 사방으로 튀었다. 그것이 제 얼굴이나 다른 피부로 튀긴 녀석들은 질겁하며 붙은 것을 떼어 내기 바빴다.

우졸의 큼지막한 골격들도 한 줌의 재로 바스라졌다.

빠지직!

나는 뇌력을 좀 더 움직였다.

이선의 주위로 말이다.

이선은 제 주변에서 일렁거리는 뇌력을 피해 몸을 웅크렸다.

그러고는 눈동자만 굴리다 나와 눈이 마주쳤다. 바로 그때였다.

가히 칭찬해 줄 만했다. 내 등을 노린 녀석이 있었다. 필요가 없어 제거했던 스킬 철갑, 그것을 오른팔에 두른 녀석.

녀석은 그걸로 내 전신을 감싸고 있는 뇌력을 뚫을 생각이었던 모양이다.

오딘의 분노가 F 등급에 멈춰 있었다면 가능한 일이긴 했다. 그런데 현 오딘의 분노는 C 등급.

애송이들은 결국 이렇다. 우졸에게는 제대로 덤비지도 못했던 녀석이, 그 우졸 일곱을 순간에 처리한 내 등을 노린다.

이성보다도 감정이 앞서는 것이다. 괴물이 아니라, 그래도 본인과 같은 인간이라면 어떻게든 해볼 수 있다 생각했던 것이다.

그게 녀석의 큰 실수였고, 어리석음의 상징이었다.

"악!"

녀석은 조그마한 줄기에 닿자마자, 산 채로 불 속에 처박힌 듯 울부짖기 시작했다.

"으아아아악."

"그만둬…… 멈춰 줘……."

이선이 말했다.

"그건 네가 해야지."

"무, 무슨 말이야."

"힐러에게 지시해. 호프만, 뮐러 그렇게 두 녀석이 있잖아."

그제야 이선이 황급히 지시를 내렸다.

두 힐러가 나를 공격하려 했던 녀석을 치료하기 시작했다.

나를 향했던 경계 어린 시선들.

그러나 그 시선들은 내 시선과 마주치기 무섭게 사그라들었다.

"해볼 수 있는 데까지 해봐. 무법자를 이대로 두는 건 그룹 전체에 있어서 위험천만한 일이니까 말이야. 그룹에 해가 되는 건 제거해야지. 뭐 하고 있어?"

이선은 아랫입술을 질끈 깨물었다. 그가 사방을 둘러보지만, 나를 공격할 의지가 남아 있는 녀석을 찾는 건 몹시 어려운 일이었다.

사선이 끼어들었다.

"리. 진정하고, 이러는 이유부터 말해. 회장님은 그만 억압하고 내게 말해 봐라. 원하는 게 있어서 그러는 거 아냐?"

"원하는 거?"

"그렇다!"

"우리 모두의 생존이지. 모두에게 통역해. 내가 바라는 게 뭔지."

*　　　*　　　*

[조슈아를 파티에 초대하였습니다.]
[조슈아가 파티에 합류하였습니다.]

이런 게 가능하다니.

조슈아는 그런 눈빛으로 놀란 눈만 깜박거렸다. 처음이 어렵지 한번 느끼게 된다면, 자연스럽게 사용할 수 있는 게 육감이다.

특히 시스템을 다루는 기본 육감은 더 말할 것도 없다.

"해 봐."

나는 파티를 해체하고 나서, 조슈아에게 다시 요구했다.

[조슈아가 파티에 초대하였습니다.]

[수락하시겠습니까?]

메시지가 떴다.

조슈아가 감탄 어린 음성을 아, 하고 짧게 내뱉자.

내가 조슈아에게 가르쳐 주고 있는 게 무엇인지 궁금해하는 목소리들이 사방에서 튀었다. 순간에 시끄러워지기 시작했다.

사선도 크게 다르지 않은 얼굴이었다.

그가 사람들을 진정시키려던 것은, 갈색코가 한발 더 빨랐다.

재미있는 것은 갈색코가 독일어가 아니라 영어를 쓰기

시작했단 것이다.

STOP, 같은 쉬운 단어로.

갈색코는 사람들을 진정시키는 동안 한 번씩 나를 쳐다
보았다. 나를 쳐다보는 그의 시선은 지금껏 조슈아를 쳐다
보던 시선과 동일했다. 엉덩이에 코를 박아야 할 대상이 바
뀐 것이었다.

그는 내게 말까지 건넸다. 띄엄띄엄. 잘 되지도 않는 영
어.

"제가 하겠습니다. 멈추겠습니다. 우리를."

그의 어설픈 영어 실력에 사선의 눈초리가 더욱 날카로
워졌다.

저 새끼는 또 저 지랄이군.

그런 눈초리였다.

"그래. 그렇게 하는 거다, 조슈아. 하지만 파티는 5명까
지지."

"……그럼?"

"이봐. 내가 리더가 되겠다는 것은 아니다. 네가 계속 리
더지. 그렇다고 나를 계속 예전처럼 대하면 되겠나? 여태
껏 배운 게 없어?"

"……."

"여기서 살아서 나가고 싶다면 예의를 갖춰라. 너는 이

들의 리더이지 내 리더가 아니야."

조슈아는 담담하게 대꾸했다.

"그렇게 하죠."

속으로는 살아서 나간 후에 보자고 이를 갈 수도 있겠지
만, 녀석은 아직 알 수 없었다.

여기에서의 힘이든, 바깥에서의 힘이든, 녀석은 내게 한
없이 나약한 애송이일 뿐이다.

"그런데 제 그룹에는 왜 들어온 겁니까? 당신 정도라
면."

"내가 들어왔나? 네가 접근했지."

"속였지 않습니까."

"능력?"

"그렇습니다."

"그러는 너는 모두에게 떳떳하다고 자부하나? 네 녀석이
차고 있는 목걸이, 반지들. 그걸 네 녀석이 직접 띄웠나?
하물며 네 능력치는 모두와 공유했나? 되지도 않는 말 집
어치워. 계속 그따위로 굴면 나 혼자 나가 버리는 수가 있
으니까."

"당신도 여기에 들어온 이상, 한 배를 탄 몸입니다."

"던전의 퇴장 조건은 퀘스트를 완료하는 것뿐만이 아니
다."

우리에게 쏠린 시선들 중, 곱슬머리 녀석을 손짓해 가리켰다.

곱슬머리가 어리둥절한 상태로 우리 쪽으로 빠져나왔다.

"조슈아. 네가 가까이 둬야 할 녀석은 이런 녀석이다."

조슈아는 살짝 눈살을 찌푸렸다. 내가 무슨 말을 하고 있는지 이해 못 하는 거다.

"네가 네 조직에 믿음을 더 주지 못했기도 하고, 조직원들의 거짓을 알아챌 시스템을 갖추지 못한 것도 이유겠지."

"무슨 말입니까."

나는 곱슬머리의 셔츠를 확 찢었다. 곱슬머리가 화들짝 놀라서 피하려 했지만, 내 눈빛 때문에 동작을 멈춰야만 했다.

곱슬머리의 탄탄한 가슴 위에 새겨진 인장 하나. 나는 거기를 가리켰다.

"이것이 탈주의 인장이다. 이 인장을 소유하고 있다면 퀘스트를 완료하지 않고도, 던전에서 빠져나갈 수 있다는 것이다."

곱슬머리는 우리들의 시선을 피했다.

그러며 본인도 찔리는 구석이 있는지라, 한 손으로 제 인장을 가렸다.

그 손 치우십시오.

조슈아가 내뱉은 독일어는 아마도 그런 뜻이었을 것이다.

목소리가 꽤 날카로웠다. 그러고도 곱슬머리가 말을 듣지 않자, 조슈아가 대머리와 갈색코에게 눈빛을 보냈다.

대머리는 곱슬머리를 등 뒤에서 제압하고, 갈색코는 곱슬머리의 팔을 크게 벌렸다.

그때부터 조슈아는 곱슬머리를 추궁하기 시작했다.

일방적인 추궁.

조슈아가 몰아붙이고 곱슬머리는 변명하기 바빠졌다.

"왜 거짓 보고를 했냐고 캐물을 게 아니라, 지금까지 도망치지 않은 것을 격려해야 할 때 아닌가?"

본시 조슈아라면 그렇게 했을 것이다.

하지만 지금의 조슈아는 본 시대에서처럼 노련하지 않았다. 그는 자신 속의 공포와 싸우는 것만으로도 상당히 몰려 있는 상태였다.

조슈아는 내 말을 듣고 깨달은 바가 있던지, 추궁을 멈췄다.

"탈주의 인장 외에 다른 조건이 또 있습니까?"

"더 생각할 문제가 있지."

"뭡니까."

"전멸."

"……."

"농담으로 듣지 마. 공략을 못 할 바에는, 그리고 지금처럼 바깥에 아무런 방비가 되어 있지 못할 때에는 여기서 전멸하는 게 나. 누군가 탈주의 인장을 써서 도망쳐 버리기라도 한다면, 던전은 계속 개방 상태로 유지가 되니까."

"그럼 어떻게 됩니까?"

"몬스터가 기어 나갈 가능성이 있다. 던전의 등급이 높아질수록 가능성이 높아지지."

"당신은…… 어떻게 이런 걸 다 알고 있는 겁니까. 정체가 대체 뭡니까."

"감사의 인사는 받은 걸로 치마."

"아!"

"여기서 살아 나가고 싶다면, 리더인 네 녀석이 중심을 제대로 잡아야 할 거다. 공포에 짓눌려서 네 자신을 잃지 말라는 거다. 그리고 팀을 제대로 편성해. 조직 룰 또한 제대로 갖추고."

"그렇게 하겠습니다. 다만."

"다만 뭐?"

"당신이 우리 그룹을 이끌어 주는 게 합리적이라는 겁니다."

"정말 그러고 싶나? 말했지. 되지도 않는 말 지껄이면."

"……."

"이건 네 그룹이다. 조슈아. 그리고 똑똑히 새겨들어."

나는 조슈아의 목 뒤를 끌어당겼다.

그러고는 그에게만 들리는 작은 목소리로 그의 귀에 속삭였다.

"이건 네 그룹이지만, 너는 내 사람이야."

조슈아가 흠칫 몸을 떨었다.

"저항해도 소용없어. 네 운명으로 받아들여야 할 거다. 내기해도 좋아."

*　　　*　　　*

"목숨값치고……."

"적지. 고작 네 충성 하나만 받는 거니까. 네가 누리고 싶은 것, 또 누려야 할 것들은 건드리지 않으마."

"애초에 이럴 목적이었군요. 제가 접근한 게 아니라, 당신이 접근했던 거였습니다."

"마음대로 생각해. 그게 중요한 게 아니니까. 중요한 건, 네가 내 눈에 띄었다는 거다."

"궁금하군요."

"바깥에 나가서 말인가?"

"제가 누구인지, 제 본가가 어떤 곳인지 잘 아실 겁니다. 제안 하나 드리죠. 여기가 야생보다 더 위험한 지옥 같은 곳임은 인정합니다. 그리고 당신이 생사(生死)를 주관할 수 있다는 것도 말입니다."

조슈아는 당혹한 기색을 빠르게 지우며 말을 이어 나갔다.

"당신을 제대로 고용하겠습니다. 베를린 텔레콤의 지분 반절을 드리죠. 우리는 여기에서뿐만 아니라, 바깥에서도 파트너가 될 수 있습니다."

"앞에서는 고용하겠다 하고, 뒤에서는 파트너라고? 말했지. 정신 똑바로 차리라고."

"……파트너로 정정합니다. 아시겠지만 우리들의 능력은 특별합니다. 더욱이 당신의 능력은 직접 봤으니 어떤 설명이 더 필요하겠습니까. 당신의 집안 또한 제법 돈을 만지고 있다는 거 압니다. 그런데 말입니다. 우리 솔직히 이야기해 보죠."

조슈아는 제 얼굴을 쓸어내렸다.

녀석은 손에 묻었던 피로 그 얼굴이 더 더러워졌다는 것을 인지하지 못했다.

"나는 오늘이 역사적인 분기점이라고 생각합니다. 여기

는, 그래요. 신대륙을 개방한 중세의 모험가들에게도 많은 희생이 있었습니다. 우리는 지금 신대륙에 들어왔습니다. 희생은 어쩔 수 없겠지만 희생 다음에는……."

"말이 길군."

"여기에서 이러고 있는 것도, 더 큰 힘을 가지기 위해서 아닙니까. 나와 우리 본가가 당신을 그렇게 지원해 줄 수 있습니다. 힘에 도취되지 마시고, 현실을 봐 주시길 바라는 겁니다. 바깥에 나간 이후를 말이죠."

녀석은 굉장히 애쓰고 있었다.

"아직 시작도 안 했는데 바깥 이야기를 하는 거냐?"

"생존을 전제로 하는 겁니다. 당신이라면, 그렇게 만들어 줄 수 있을 것 같군요."

"내게 뭘 어떻게 해 줄 수 있지?"

모처럼 만에 녀석의 두 눈에서 이채가 번뜩였다.

"베를린 텔레콤의 파트너 지분. 그리고 깨끗한 현금으로 1억 불. 또한 당신 부모의 사업을 독일 국가사업으로 이어 드리겠습니다. 당신이 직접 경영하고 싶다면 회사 하나를 분리시켜서 안겨 드리죠. 물론 베를린 텔레콤의 파트너 지분은 기본으로 깔고 가는 겁니다. 그쪽 지분은 본가보다 제 개인적인 사업이라 어렵지 않습니다."

"그럼 본가 쪽 이야기로 넘어가야겠군."

"그렇죠. 본가의 어른들은 제가 설득해서, 당신을 클럽에 초청하겠습니다. 아마 당신은 들어 보지 못했을 겁니다. 빌더버그 클럽이라고."

빌더버그 클럽.

엉뚱한 그 이름이 녀석의 입에서 튀어나왔다. 녀석은 빌더버그 클럽의 위세와 그 비밀적인 특성을 잘 알고 있었다.

우리는 우리에게 쏠려 있는 이목을 피해, 멀리 빠져나왔다.

비로소 녀석의 입술이 다시 열렸다.

"세계를 이끌어 가는 전략 회의를 매년 갖는 비밀 클럽입니다. 지금까지는 금융, 경제, 정치인들로만 이루어져 있지만, 그 외 분야로는 당신과 제가 처음이 되겠죠."

"되겠죠?"

"맞습니다. 현재는 본가의 어르신 한 분께서만 클럽 회원으로 계십니다. 하지만 우리가 여기에서 생존하고, 우리 집단이 더 강력해진 이후를 그려 보십시오. 그 클럽의 회원으로 들어가는 게 비단 꿈만은 아닐 겁니다."

내가 입을 열려 하자 녀석이 황급히 말을 이었다.

"계속 들어 주십시오. 허황된 이야기로 들린다는 거 압니다. 하지만 빌더버그 클럽은 실존하는 진짜 비밀 집단입니다. 거기에 들어가기만 한다면…… 당신이 아시아계 미국인 2세라 할지라도 차기 미 대통령으로 선출될 수도 있다는 겁니다."

나는 녀석의 얼굴을 빤히 쳐다보았다. 각성자는 각성한 이후부터는 거의 늙지 않는다.

본 시대에서도 저 얼굴과 크게 다르지 않았다. 하지만 사고 영역만큼은 애송이 단계에 머물러 있었다.

"그런 힘을 얻고자, 이 게임을 계속해 온 게 아닙니까? 저와 같이 갑시다."

"그런 생각으로 조직을 꾸린 거냐?"

"우리 솔직해집시다."

"멍청하긴. 지금 우리는 사회에 드러나서는 안 돼."

"지금까지는 저도 그렇게 생각했습니다. 하지만 당신이 보여 줬던 모습은…… 어쩌면 그 이상으로 더 강해질 수도 있겠죠. 그 이후를 보고 있는 겁니다. 당신과 나 그리고 본가가 힘을 합치면, 우리가 무엇을 할 수 있는지 생각해 보십시오."

녀석의 눈동자가 깊어졌다. 그 눈 안에서 어른거리기 시작한 건 대단한 야욕이었다.

"그래서 해 줄 수 있는 지원은 거기까지다? 1억 불. 베를린 텔레콤 파트너 지분, 말로만 하는 네 본가의 강력한 지원."

"본가는 제가 어쩔 수 있는 영역이 아닙니다. 제 선에서는 최고를 제안하고 있습니다. 돈을 더 바라신다면 제 개인 재산도 처분해서 드리죠."

"그래서야."

"예?"

"바로 그런 점들 때문에, 너는 내 손아귀에서 절대 벗어날 수 없는 거다."

"무슨……"

"계속 돈으로만 계산해 봐."

"바깥에 나간다면 말입니다. 거기는 자본 사회입니다. 바깥세상에서 우리는 아직 별종(別種)이란 거, 모릅니까? 당신은 인정하고 싶지 않겠지만, 바깥에서는 제가 당신보다 더 자유로워질 수 있습니다. 그러니까 제 제안을 신중하게 생각해 보세요."

"조슈아."

"말씀하십시오."

"그만 지껄이고 내가 했던 말을 가슴에 새겨 놓기나 해."

"제가 당신 사람이 됐다는 거 말입니까? 바깥세상은 그렇게 돌아가지 않습니다. 항변하는 게 아니라, 현실이 그렇습니다. 또 지금 모두는 당신을 두려워하고 있지만…… 바깥은 법과 사회의 룰이 존재하는 세상입니다. 상당한 괴리가 있죠. 그 모순에 빠지지 않으셨으면 합니다. 진심으로 드리는 말씀입니다."

"두고 보면 알겠지. 네가 믿고 있는 게 얼마나 허망한 것인지."

"그럼 거절입니까?"

"멍청한 자식. 비즈니스에서는 그렇게 딱 잘라 물으면 안 되는 거다. 사회에서는 안 그래 왔을 텐데. 어지간히도 정신없는 모양이군."

녀석이 한숨을 크게 내쉬었다.

"그룹의 생존이 네게 달렸다. 사회에서 체득한 걸 날려 먹지 마."

"그래서 당신의 입장은 뭡니까?"

"내게 묻지 말고 스스로 생각해. 나는 기본 지식만 가르쳐 주지."

"그러니까 왜……."

"너는 아직 애송이라, 내 손길이 필요하거든."

"당신 끝까지!"

녀석은 바깥에 나가면 더 절실히 깨닫게 될 것이다. 녀석과 나의 차이를.

"그만 닥치고 내가 가르쳐 주는 것들이나 어떻게 써먹을 지 궁리해."

"일단은 알겠습니다…… 감사합니다. 리."

"'공격대'의 개념부터 설명해 주지."

*　　　*　　　*

오인으로 꽉 채운 파티가 다섯 개 모이면 한 개의 공격대를 형성할 수 있다.

멋대로 만들어 낸 개념이 아니라, 시스템상에 존재하는 개념이다.

다섯 개 파티장이 합의를 거쳐서 공격대장을 선출하고 나면 비로소 공격대 버프를 받을 수 있다.

또한 공격대장의 지위는 파티장의 지위보다 상당하다.

파티장은 파티원을 추방할 수 있는 권한밖에 없다. 하지만 공격대장은 추방 권한 외에도, 전리품을 획득하는 방법을 설정할 수 있다.

예컨대 파티에서는 전리품 획득 방식이 최초와 차순위의 합의로 못 박아져 있는 반면에.

공격대에서는 획득 방식이 한 개가 더 추가된다.

주사위 굴리기.

물론 본 시대에서는 크게 의미가 있는 방법이 아니었다.

주사위 굴리기든, 최초와 차순위의 합의든. 그것이 끝난 이후에 벌어진 생사투가 진짜 주인을 가리는 승부였었다.

　마침 남아 있는 각성자 수는 정확히 25인이었다.

　용병들만 외톨이가 되었다.

　그들은 뭘 해야 할지 모르고 주저앉아 있었다. 지금껏 조
슈아가 곁에 두었던 용병대장도 용병 무리 속에서 라이터
불빛에 의존하고 있었다.

　용병들이 그러는 동안 각성자들은 조슈아의 지시에 따라
다섯 명씩 뭉치기 시작했다.

　지시는 간단했다.

　스킬이나 인장 따위는 신경 쓰지 말고, 일단은 다섯 명씩
파티를 형성하라는 것이었다. 나중에 다시 재편성할 테니.

　그런데도 각성자들은 내게로 몰렸다. 나를 바라보는 눈
빛들이 애절했다.

　해석되지 않는 독일어들로 떠들어 대는데, 그걸 정리한
건 이번에도 갈색코였다. 갈색코는 조슈아에게 붙지 않고
제일 먼저 내게 달려왔다.

　그런 갈색코를 바라보는 조슈아의 눈빛이란……

　"제가 했습니다. 정리. 조용히. 선택. 부탁드립니다."

　갈색코가 말했다.

　한편 사선.

아니, 미하엘은 조슈아에게 붙었다.

어차피 지금 편성은 아무런 의미가 없었다.

조슈아가 다시 재편성할 거라고 지금도 이야기하고 있는데도, 모두에게는 그런 게 들리지 않는 모양이었다.

내게 모여든 사람들 중 하나씩 가리켰다. 그렇게 네 명을 골랐다.

갈색코는 내 선택을 받자 세상을 다 가진 듯 환하게 웃었다. 그 순간만큼은 던전의 공포를 잊어버린 듯했다.

내 쪽의 파티는 결정되었다. 파티장는 물론 나였고, 다섯 명의 파티장이 모여 결성한 공격대에서도 내가 공대장이었다.

[축하합니다. 각성자 최초로 공격대를 결성하였습니다.]
[최초 결성 보상으로 골드 박스를 획득 하였습니다.]
[근력을 3 획득하였으나 취소 되었습니다.]

플래티넘 박스 이상의 박스를 기대했지만, 결국 꽝으로 터졌다.

그다음으로 공격대 버프가 들어왔다.

[축복 '강인함'을 획득하였습니다.]

[강인함 (축복)

　　효과: 속박과 같은 부정 효과에 대한 저항력이 소폭 상승 합니다. 스킬 개안의 등급이 한 등급 상승 합니다.

　　등급: F]

[경고: 공격대 이탈 시, 축복이 제거 됩니다.]

"공격대는 이렇게 조직하는 거다. 이젠 네 녀석도 할 수 있겠지."

"놀…… 랍군요."

조슈아는 개안 등급의 상승으로, 한층 더 넓어진 시야에 즐거워했다.

그뿐만 아니라 모든 사람들이 그랬다. 그것도 잠시 내가 공격대를 해산해 버리자, 다시 좁아져 버린 시야 때문에 약간의 소란이 일었다.

그걸 조슈아가 진정시킨 뒤에 다시 돌아왔다.

"팀을 재편성하겠습니다. 그러면 리는?"

"내게는 미하엘과 갈색코 그리고 가장 쓸모없어 보이는 둘을 붙여. 파티장은 미하엘."

"알겠습니다. 하나 부탁드려도 될까요?"

"뭔데."

"제 옆에 서 있어 주시기만 하면 됩니다."

조슈아는 프로필 파일을 한 손에 들고 남은 한 손에는 펜을 들었다.

그때부터 조슈아는 차례대로 각성자들을 불러, 파일상의 정보를 대조하기 시작했다. 거짓으로 보고한 녀석들이 꽤 있었다.

애초에 이 집단에는 거짓을 판별할 수 있는 능력이 없었지만, 조슈아는 나를 제 옆에 세우는 것만으로도 효과를 봤다.

제 인장과 아이템 능력을 끝까지 속이는 녀석은 나오지 않았다.

그렇게 조슈아는 다시 수정된 프로필 파일을 가지고 용병대장을 쳐다보았다.

그뿐이었다.

조슈아는 용병대장을 가까이 불러들이지 않았다. 조슈아가 용병대장 대신 미하엘을 가까이 불렀을 때에, 용병대장과 용병들은 철저히 외부인이 되고 만 것이다.

조슈아는 모두가 메고 있는 배낭부터 용병들에게 넘겼다.

용병들의 계급이 짐꾼으로 추락했다.

파티 재편성이 끝날 무렵.

조슈아에게 한 마디 던졌다.

"다음번 공대장은 차순위 결성 보상으로 골드 박스를 획득할 것이다."

"그런 게 있습니까?"

"네가 먹어도 좋지만, 네 녀석보다 더 효과적으로 쓸 수 있을 거라 생각되는 자가 있다면, 그에게 넘겨도 좋겠지. 진정 생존을 염두에 두고 있다면."

Chapter 4.

　용병들의 낌새가 심상치 않았다. 조슈아의 지시에 의해서였다.

　조슈아의 지시는 납득할 수 있는 수준이었지만, 받아들이는 용병들로서는 다른 문제였던 것이다. 제 어둠을 헤치며 나온 용병대장이 조슈아에게 강력히 항의하기 시작했다.

　높아진 언성의 내용이야 뻔했다.

　어째서 무기를 회수하는 것이냐고!

　쓸모없어진 화기는 그대로 두지만 용병들의 군용 단검들은 일제히 회수 명령이 떨어졌다.

"나쁜 자들. 무기. 우리가 씁니다. 그렇지 않습니까?"

갈색코가 말했다.

"야!"

미하엘은 엉성한 갈색코의 영어 회화 실력이나 내 엉덩이에 코를 박는 모습에 인내심이 한계까지 이르렀는지, 갈색코에게 언성을 높였다.

한쪽에서는 조슈아가 용병대장과 싸우고, 우리 파티에서는 미하엘과 갈색코가 싸운다.

비단 여기만이 아니라 다른 파티에서도 각자의 사정들 때문에 다툼이 일고 있었다.

나는 방관자였다.

내 목표는 어디까지나 조슈아가 레볼루치온의 길드장으로 각성하는 데에 있었다.

그리고 본 역사보다 조금 더 많은 사람들이 생존해서 나가는 것까지.

거기에 하나 더 첨부하자면 사선, 미하엘의 성장이 궁금했다.

여기는 세계 최고의 무력 집단이 탄생하는 곳이면서, 전투 재능만큼은 최고였던 사선의 시작점이기도 했다.

"갈색코 새끼한테 뭐라고 좀 해 봐. 네 말이라면 죽고 못 살 것처럼 굴잖아."

미하엘이 신경질을 냈다.

그것도 잠시, 그는 자신이 지나쳤다고 생각했는지 헛기침을 뱉었다.

"크흠."

"미하엘. 네가 파티장이다."

공격대장은 조슈아였다.

그는 결국 골드 박스 보상을 자신이 가지는 걸로 선택했다.

나는 거기에 개입하지도 다른 말을 던지지도 않았다. 골드 박스에서 뜬 능력치에 대한 조언만 들려줬을 뿐이었다.

예컨대 감각 확장 현상 같은.

"나쁩니다. 멍청합니다. 미하엘. 당신이. 파티장입니다."

미하엘을 밀어붙인 갈색코의 얼굴이 시야에 확 들어찼다.

시작은 거기가 아니었다.

다른 파티에서 치고받고 싸우기 시작하는데, 조슈아는 화가 잔뜩 난 용병대장을 상대하는 것만으로도 벅찼다.

하나둘 늘어갔다.

어둠 속에서 뒤엉켜 버린 사람들. 그리고 거기에서 터져 나오는 격앙된 목소리.

"으아아악!"

용병들 중 누구는 미치기 일보 직전처럼 소리를 질렀다.

소리의 주인은 난데없이 일어났다. 그는 미친 듯이 달려나가다가 갑자기 나타나 버린 벽과 충돌했다.

퍽!

얼굴이 아작 났다.

그가 제 얼굴을 감싸고 신음을 흘리지만, 거기까지 그를 찾아가는 다른 동료는 존재하지 않았다.

"쉬이……."

용병에게 다가가 그의 어깨를 감쌌다. 용병이 흠칫 몸을 떨었다.

"쉬이……."

그가 내 가슴에 얼굴을 파묻었다.

지금껏 참고 있던 울음이 그 순간에 터져 나왔다.

얼굴 한 면에 칼로 그어진 흉터가 선명한 걸로 봐서는 일반적인 삶을 살아온 자가 아니었다.

뒷골목을 배회하는 삶을 살아왔거나 혹은 진짜 전장에서 살아 돌아온 자였다.

그런 그가 내 가슴에 얼굴을 파묻고 울기 시작했다.

그러게 민간인 주제에 던전에는 왜 들어와 가지고는…….

"리! 리—!"

나를 부르는 소리가 컸다.

미하엘이었다.

나는 용병을 부축해서 제 동료들 무리 속으로 다시 데려가 앉혔다.

잠깐 사이에 상황은 조금 더 격하게 변해 있었다. 이선과 말다툼을 하고 있던 용병대장은 피투성이가 된 채로 바닥에 쓰러져 있었고, 흥분한 각성자들이 그를 계속 밟아 대고 있었다.

용병들은 그쪽에서 일어나는 일을 보지 못했다.

구타당하는 소리 또한 어딘가에서 큰 싸움이 일어났겠거니 하는 괴로운 얼굴들로 듣고만 있었다.

가장 힘든 쪽은 민간인인 용병들이다.

"그만!"

조슈아가 크게 외쳤다.

그 소리에 반응한 쪽은 용병대장을 구타하고 있던 무리뿐이었다.

그 외 싸움이 일어난 각성자 파티 쪽은 여전히 엉켜 있다.

그때 조슈아의 눈빛을 받은 미하엘이 움직였다. 미하엘은 갈색코에게 한 방 먹인 다음, 다른 파티에서 일어난 싸움들을 말리고 다녔다.

그래도 이 정도면 양반이었다.

시작의 장은 차원이 다르게 심각했다.

지금은 그때와 달리, 각성자들을 서로 죽이게 만드는 퀘스트가 존재하지 않는다.

내가 믿고 있는 건 그것이었다.

*　　　*　　　*

겨우 혼란이 진정됐을 때, 조슈아가 새로 만든 룰을 발표했다.

집행부는 각 파티장들.

혼란을 야기하거나 그룹에 해를 끼친다고 여겨지는 자는 표결에 부쳐진다.

여기서 흥미로운 건 레볼루치온의 고유 시스템이 도입됐다는 거다.

상황이 상황인 만큼, 한 사람의 명령권자에게서 모든 게 통제되는 시스템을 갖추는 게 일반적이라 생각하겠지만. 조슈아는 지금 당장은 어렵다는 걸 인정한 것 같았다. 한데 이 시스템은 본 시대까지 이어진다.

조슈아는 문제를 일으키는 자를 처벌할 권한을 민주주의

로 돌렸다.

그것뿐이라면, 레볼루치온의 고유 시스템을 언급할 필요도 없다.

본 시대에서 레볼루치온은 등급에 따라 투표권에 차등을 뒀다. 런던의 더 시티처럼 말이다.

"공격대장인 회장님은 4표. 파티장은 2표. 파티원들은 1표씩…… 이라는군. 룰 위반자를 처벌할 때뿐만 아니라 그 외 중요한 사안도 표결에 부칠 거라 하신다."

미하엘은 나를 대하는 게 많이 달라졌다.

고작 우졸 일곱 마리를 해치운 것 때문에.

하지만 우졸 일곱 마리를 해치우면서 보여 준 내 신위는 말 그대로 '고작'에 불과했다.

"불만이 있다면 지금 말하는 게 좋아. 나중에…… 다른 소리 나오지 않게. 그리고 나도 네가 더 많은 표를 행사해야 한다고 생각한다."

미하엘은 내 투표권이 1표라는 게 계속 마음에 걸리는 것 같았다.

"열. 아니. 아니. 백. 당신, 가져야 합니다. 백. 제가 하겠습니다. 말. 조슈아에게."

갈색코는 미하엘에게 쥐 터져 놓고도 변함이 없었다. 미하엘이 그런 갈색코를 향해 이를 갈았다. 그러고는 마저 덧

붙였다.

"참고로 용병들은 투표권이 없다는군. 처치 곤란이야. 어쩌다 저런 신세로 전락한 건지. 넌 용병들을 어떻게 처리했으면 좋겠어?"

조슈아가 각 파티장들을 모아 놓고 논의를 시작할 사항이 바로 그 문제일 것이다.

미하엘도 논의에 참석해야 했다.

"알아서 해. 나는 투표권만 행사하지."

"리, 네가 나서 줘야 돼. 너도 느끼고 있잖아. 다들 네 입만 쳐다본다는 거. 이래서는 회장님께 어떤 권위도 실리지 않아."

"아직도 회장님 소리냐? 저 애송이를?"

미하엘에게만큼은 조슈아를 애송이라고 지칭했다. 그가 조슈아의 그늘에서 벗어나길 바라는 마음에서였다.

그런데 이미 그런 것 같았다.

"네가 거부하고 있잖아. 누군가는 리더로 존재해야 한다. 투표든 뭐든 어떤 지랄이든지 간에."

"가 봐. 다들 널 기다리고 있다."

"같이 가지 않겠어? 우리에게는 네 조언이 절실해."

"애송이에게 이미 다 들려주었다. 이젠 녀석의 문제야."

"하나만 묻지. 너, 탈주의 인장을 가지고 있겠지?"

"당연히."

"박스에서밖에 못 얻나?"

"인장이 새겨진 피부를 잘라서 삼키면 되지."

미하엘이 황급히 갈색코의 반응을 확인했다.

갈색코는 우리의 대화를 가장 가까이서 듣고 있지만, 그의 영어 실력은 우리 대화를 이해할 수 있는 수준이 아니었다.

"……농담하지 마. 그게 진짜라고 해도. 또 누구에게 들려줬지?"

"없어."

"다신 그런 말 꺼내지 마. 부탁이다."

미하엘은 공격대 회의에 참석하기 위해 몸을 일으켰다.

*   *   *

회의가 끝났다.

용병들의 운명이 걸린 첫 번째 안건은 바로 이것이었다. 용병들을 계속 데리고 가야 하는지, 혹은 입구 방에 그대로 남겨 둬야 하는지.

표결에 부쳐졌다.

공격대장 1인 4표, 파티장 4인 각 2표씩, 나머지 20인

각 1표씩.

총 32표. 과반수는 16표.

16표 이상을 획득한 선택지대로 집행되는 거다.

예상되는 용병들의 저항은 철저하게 무시되었다. 그들의 수가 각성자들보다 많긴 하지만, 그들을 제압하는 건 식은 죽 먹기라는 것쯤은 모두가 잘 알고 있는 사실이었다.

바깥에서는 도모하지 못해도 여기 안에서만큼은 그렇다.

눈이 먼 것이나 다름없는 민간인들이니까.

투표가 시작되려 했을 때였다.

흘러가는 분위기 그리고 이따금씩 들리는 말들로, 용병들이 들고일어났다. 분개한 목소리로 순간에 시끄러워졌다.

조슈아는 각 파티장들에게 손짓으로만 지시를 내렸다. 다시 돌아온 미하엘은 나와 갈색코 그리고 다른 두 명을 데리고 조슈아를 따라갔다.

용병들은 우리를 따라올 수 없었다. 소리에만 의존한 채 어둠을 헤매야 했는데, 그러한 모습은 좀비와 다를 바 없었다.

한구석에서 빠르게 표결된 결과는 찬성 21표, 반대 10표, 기권 1표.

맞다. 기권은 나다.

용병들은 데리고 가기로 결정됐다. 그러나 그것은 결코 선의에 의한 것이 아니었다. 다음 안건이 바로 거기에 대한 것이었다.

「전략 물자로 이용할 것인가.」

필요에 따라서 그들을 인간 방패나 유인책으로 쓰겠냐는 것이다.

반대 18표, 찬성 13표, 기권 1표.

「구속할 것인가.」

찬성 25표, 반대 6표, 기권 1표.

「식량 지급을 동등하게 할 것인가.」

반대 20표, 찬성 11표, 기권 1표.

끌고는 가겠지만 이용하지 않고, 구속을 하되, 그러면서 식량 지급을 동등하게 하지 않겠다는 거다.

모순. 이율배반적인 결과.

하지만 어떡하나. 이게 우리네 인간의 복잡한 정신세계인 것을.

내가 없었더라도 일은 이런 식으로 진행됐을 것이다.

레볼루치온의 고유 시스템이 이런 과정을 통해 만들어졌으며, 민간인 용병들의 운명 또한 각성자들의 표결에 의해 좌우됐을 거다.

조슈아의 지시가 떨어졌다.

각 파티가 사냥할 대상은 이제 몬스터가 아니라 용병들이었다.

"……세상 잔인하군. 씨벌."

미하엘이 얼굴을 일그러트렸다.

다들 움직이기 시작했다. 어둠 속에서 방황하고 있는 용병들을 향해, 다섯 명씩 무리를 이룬 각성자들이 달려든다.

그때부터였다.

너희들 미쳤어? 해보자는 거냐?

뭐, 그런 느낌의 용병들 목소리가 점점 커지기 시작했다.

"아아아악"

물론 패닉에 치달은 누군가의 비명 소리도 함께 말이다.

* * *

새롭게 편성된 파티들의 화합과 전체 공격대의 진영이 훨씬 나아졌어도, 사상자는 발생할 수밖에 없었다.

나는 최소한으로 개입했었다.

조슈아의 것이 곧 내 것이었고, 그렇게 레볼루치온에서 파생될 다른 집단들도 내 휘하나 다름없는 게 되는 것이다.

그렇다면 고기를 잡는 방법을 가르쳐 줘야지, 매번 고기를 잡아다 그것들의 입에 밀어 넣어 줄 수는 없지 않은가.

첫날의 결과는 거기까지였다.

표결이 다시 부쳐졌다.

「용병들을 전략 물자로 이용할 것인가.」

찬성 6표, 반대 6표, 기권 20표.

이런 경우도 가정되어 있었다. 결정은 재투표가 아닌, 수장인 공격대장의 직권에 달렸다.

그런데도 모두의 시선은 조슈아가 아닌 내게 쏠렸다.

포승줄에 결박되어 있는 용병들도 웅성거리는 소리를 쫓아 불안한 시선들을 옮겨 댔다.

조슈아는 내게 다가왔다. 녀석이 내 앞에서 침을 꿀꺽 삼켜 넘겼다.

녀석은 나를 사람들과 떨어진 쪽으로 유도했다.

녀석의 입에서 나올 말이야 무척 뻔했다. 내가 선수를 쳤다.

"네가 투표한 쪽으로 해."

"기권이었습니다."

속으로 웃었다.

찬성 6표 중 4표가 녀석의 것이었다.

"저들을 전략 물자로 사용한다고 뭐가 달라질까 싶군. 혼란만 가중시킬 거다."

인간성을 버리는 대가는 참혹하다. 그것은 시작의 장에서 얼마든지 배울 수 있다. 벌써 지금부터 배울 필요가 없다는 것이다.

마지막으로 녀석의 귀에 대고 속삭였다.

"계속 이따위로 굴면. 네 녀석은 원치 않더라도 네 그룹이 내게 넘어올 거다. 아니, 내가 한마디만 해도 지금 바로 그렇게 되겠지."

녀석은 조용했다.

"네 녀석도 그렇겠지만 나도 원치 않는 바다. 이 그룹은 네 것이어야만 해."

레볼루치온은 조슈아의 것. 조슈아는 내 것. 이것보다 간단한 건 없다.

"당신…… 정 그럴 목적이면 아예 빠져 줘야 하지 않겠습니까?"

"내가 나가길 바란다면 지금 당장에라도 나가 주지. 그러길 바라나?"

녀석은 대답이 없었다. 자존심이 뭉개질 대로 뭉개진 얼굴에 수치심까지 더해졌다.

"그런 눈빛 조금 더 숨겨야 할 거야. 내게도 네 그룹 사람들에게도."

"대체 무슨 소릴 하는 겁니까. 참는 데도 한계가 있습니다."

"참지 마. 못하겠다면 웃든지. 여유롭게. 모두의 리더답게."

"크……."

"봐주는 건 여기까지다. 그런 눈빛을 다시 보이면, 다음 표결 안건은 네 목숨이 될 거야. 알아들었으면 미소 지어. 애송이."

나는 녀석의 손을 붙잡았다. 녀석은 뿌리치려 했으나 그럴 수 없었다.

그리고 다시 돌아간 자리에서, 모두에게 보란 듯이 녀석의 손을 들어 보였다.

"미하엘! 통역해. 나는 공격대장을 전적으로 신뢰한다고."

그때 조슈아도 한 마디 내뱉었다. 미하엘이 그걸 통역했다.

"기권 없는, 기명(記名) 투표로 진행하고자 하신다. 지금 표결에 부치셨다."

이 녀석 봐라?

*   *   *

조슈아의 안건이 아슬아슬하게 통과되었다. 그래서 다음부터는 기권 없는 기명 투표였다.

조슈아가 그렇게 진행했던 데에는 두 가지 목적이 있었다.

우리가 내리는 선택은 인간성과 윤리 그리고 개인의 이기적인 욕구가 저울질 된 결과다. 그러한 선택에는 항상 책임이 뒤따라야 하는 법.

기권도 선택의 종류 중 하나겠지만, 앞서 기권표가 쏟아졌던 바는 결국 책임을 지고 싶지 않다는 뜻으로 해석될 수 있었다.

조슈아는 그걸 차단했다.

어려운 문제 앞에서 시선 돌리지 말고, 선택한 뒤 책임을 지라는 것이다. 그것이 개인의 양심이든 뭐든지 간에.

거기까지가 첫 번째 목적.

그리고 두 번째 목적은 엄연히 나를 겨냥하는 것이었다. 방관자로서 기권표만 행사하고 있는 게 분명한 나를 말이다.

내 선택을 강요해서, 나를 방관자에서 그룹의 참여자로 가담시키려는 속셈이었다.

조슈아는 그룹의 힘이 본인보다도 내게 쏠려 있다는 것을 알고 있다. 기명 투표로 인해, 내 선택이 그룹원들에게 영향을 미친다는 것 또한 모를 리가 없다.

그런 것을 감수하면서까지 나를 어둠 속에서 끌어내고 싶어 했다.

애송이 녀석.

그래도 어쨌거나 이선(二善)이란 말이지?

표결 결과가 나온 뒤.

나를 바라보고 있는 조슈아와 눈이 마주쳤다.

"부작용이 있을 테지만, 현재로선 이게 최선인 것 같습니다."

"그래. 그렇게 하는 거다. 애송아."

내 반응이 본인의 생각과 너무 달랐기 때문일 것이다.

녀석의 콧잔등이 살짝 찌푸려졌다.

　　　　　*　　　　*　　　　*

　군 시절이 생각나는 규율이 강요됐다.

　식사, 수면 등 모든 행동은 파티원들과 함께해야 한다. 그것이 조슈아가 설정한 그룹의 첫 번째 강령이었다.

　"우리 차례야."

　미하엘이 말했다.

　포승줄에 묶여 있는 용병들을 각 파티들이 돌아가며 지키고 있었다.

　우리는 용병들 쪽으로 이동했다.

　"나와 이야기 좀 하지."

　용병대장이 내게 말을 걸었다. 구타 직후 입술이 무엇인지 몰라볼 정도로 망가졌던 얼굴은, 힐러들 덕분에 상당히 나아 있었다.

　"이제야 영어를 쓰는군. 그런데 너무 늦었어."

　"일이 어떤 식으로 돌아가고 있는지 아네. 민주주의를 흉내 내고 있어도 진짜 민주주의가 아니거니와, 그쪽에게는 언제든지 그걸 번복할 수 있는 힘이 있지."

　"그래서 하고 싶은 말은?"

　"덕분에 최악은 면한 것 같으니. 빌어먹을…… 고맙다고 말하고 싶었네. 우리들 전부를 대표해서."

용병대장은 목소리를 최대한 줄였다.

"그쪽이 막아 주지 않았다면 우리는 괴물밥 신세나 다를 바 없어졌…… 젠장."

말을 하면 할수록 감정이 격해지는지, 용병대장의 얼굴이 금세 시뻘게졌다. 통증도 밀려왔던 모양이다. 그가 얼굴을 구기며 계속 말했다.

"그런데 우리를 계속 이렇게 묶어 둘 건가? 이런 방식은 하등 도움 되는 게 없네. 우리가 전투력을 상실했다는 걸, 씨발 왜 모르겠나. 그래도 전투 외의 일까지 못하는 밥버러지는 아니란 말이야."

"몬스터보다 더 위험한 게 뭔지 아나?"

"내 녀석들은 내가 통제할 수 있네. 하지만 계속 우리를 이렇게 대하다 보면, 나도 통제할 수 없는 순간이 올 거네."

"그래서 묶어 두기로 결정 난 거다. 그리고 내게 하소연해도 소용없어. 그룹이 어떤 식으로 돌아가고 있는지 알면서 그래?"

"그쪽은 언제든 번복시킬 수 있지 않은가."

"넌 아무것도 보지 못했잖아."

"씨발, 시야가 막혔다고 귓구멍까지 막힌 것 같아? 그쪽이 제일 강하다면서. 후우. 그쪽이 지휘권을 가지게. 우리가 그쪽을 전적으로 돕겠네. 정녕 돈이나 만지작거렸던 젊은 녀석에게 이 많은 사람들의 목숨을 맡길 텐가?"

그때 미하엘이 고개를 저어 보였다.

"미하엘!"

용병대장은 미하엘에게 독일어로 쏘아붙였다. 미하엘도 물론 같은 언어로 맞받아치면서, 용병들 전체로 높은 언성이 확산되기 시작했다.

조슈아가 제 파티원들을 대동해 왔다. 노랑머리, 멀대, 뚱뚱이, 작은 눈. 그렇게 넷.

"느슨한 포박은 없는지 다시 확인해야 할 것 같군요. 도와주시겠습니까?"

"그러지."

용병대장은 조슈아의 목소리가 들리는 쪽을 향해 고개를 치켜들었다.

그러고는 지독하게 분개한 목소리를 터트리는데, 조슈아는 눈 하나 깜짝하지 않았다. 녀석이 용병대장의 포승줄을 더 강하게 졸라맸다.

"문제가 발생한다면 이 사람들에게서 시작될 겁니다."

"여기서 나간 후를 생각해야지? 용병이라고 해도, 이 많은 수가 한 번에 실종되어 버리면 감당하기 쉽지 않을 거다."

"처음부터 데리고 오는 것이 아니었는데…… 당신은 아무것도 설명해 주지 않았죠."

"그것만큼 쪽팔린 말도 없지 않나? 네 그룹이고 네 책임이다. 바깥에 나간 후의 일까지 전부."

"그래서 고민하고 있습니다. 이자들의 입을 틀어막으려면 얼마나 많은 돈을 쑤셔 넣어 줘야 하는지. 과연 돈으로 해결될 수 있는 문제인지. 그런 위험을 감수할 만큼 가치가 있는 일인지."

용병대장에게 들으라고 하는 소리였다.

그제야 용병대장은 거짓말처럼 입을 다물었다. 그가 얌전히 우리의 대화에 귀를 기울였다.

"나가서 조직을 운용하려면 사람이 많이 필요할 거다. 각성자들만으로는 부족해. 누구보다 잘 알 텐데?"

"글쎄요. 이들은 저보다 당신을 따르고 있는 것 같군요."

나는 피식 웃어 버렸다.

"이자들은 용병이다. 애송아. 돈을 주는 자에게 충성을 바치지."

"이미 제 돈을 먹여도 이렇습니다만?"

"상황이 달라졌다. 지불하고 있는 돈에서 열 배를 높여봐. 영혼이라도 바칠 거다. 나를 물어뜯으라고 하면 고민도

하지 않고 달려들겠지. 누구 주머니에서 나오는 돈인지 왜 모를까."

"당신…… 그렇게나 자신 있습니까? 바깥에서는 총기를 사용할 수 있다는 걸 말하려는 게 아닙니다. 총기보다 더 무서운 게 존재하는 세상입니다."

녀석은 일전에 들었던 경고를 상기하고 있는 것 같았다.

말투는 그래도, 건방진 눈을 하지는 않는다.

그러니까 녀석은 진심으로 이해가 되지 않아서 하는 말이었다.

"또 돈 얘기군. 그렇게나 잘 안다니, 두말할 필요 없겠군. 나도 이자들을 이렇게 묶어 두는 게 도움이 될 거라고 생각지 않는다."

"처음인 거 아십니까? 당신께서 뜻을 직접 밝히신 것이?"

"애송이, 네 녀석이 원하는 바대로지."

"그럼 파티장이 되시죠. 안건을 올릴 수 있는 자격은 파티장뿐입니다."

그럼에도 공격대장은 말하지 않는다. 그때 미하엘이 말했다.

"제 직권으로 안건을 올리겠습니다. 사람들의 의견을 다시 들어 봅시다."

"표결에 부치기 전에 한마디 하게 해 주시오."

용병대장이 다급하게 끼어들었다.

용병대장이 변설한 바가 효과가 있었기 때문일 수도 있고. 그래도 아직은 여기 사람들의 인간성이 무너지지 않았기 때문이었을 수도 있다.

표결의 결과가 달라졌다.

용병대장은 본인이 그렇게나 주장했던 대로 용병들을 진정시키기 시작했다.

반나절 동안 구속된 상태로 커졌을 용병들의 반발심 또한 조슈아가 돈으로 찍어 눌렀다.

바깥에 나가서 계약을 바꾸고 지급액을 훨씬 키우기로 한 것이다.

이윽고.

내게 접근할 기회만 엿보던 용병대장이 기회를 찾았다.

"우리에게 해 준 것, 잊지 않겠네."

그는 그 말만 짧게 남긴 후 빠르게 돌아갔다.

맞다. 그는 내가 베푼 은혜를 잊지 않을 것이다.

그래서 조슈아의 명령에 의해 나를 쏘게 될 순간이 와도, 열 발 벌집 내 버릴 것을 깔끔하게. 심장 한 방을 노릴 것이다.

바로 그런 것이 흔히 용병들이 말하는 보은(報恩) 아니던
가.

"뭐라 합니까?"

용병대장이 조심했어도, 조슈아의 시선에 띄었던 모양이
다.

"고맙다고 하더군."

"재밌습니까?"

"뭐?"

"나를 쥐락펴락하는 거 말입니다. 그걸 즐기고 있는 걸
로밖에 생각되지 않습니다. 용병대장이 그렇게 말했어도
제게는 그렇게 말씀하시면 안 되는 거 아닙니까."

"애송이 녀석. 말했지. 사회에서 체득한 걸 날려 먹지 말
라고."

"대체."

"네 그룹의 힘이 내게 쏠려 버린 시점에서, 넌 누구보다
저들을 비호했어야 했어. 네 녀석이 먼저 나서지 않아도 당
연히 무기를 회수하자는 말이 나왔을 것이고, 너는 어쩔 수
없다는 듯이 용병대장을 설득하면 그만이었지. 저들의 운
명을 결정지은 안건은 또 어떻고? 내가 네 녀석이었다면
용병들을 끌어안았을 거다. 나를 경계하려면 그 방법이 최
선이었지."

"어떤 상황이었는지 다 보셨으면서 그런 소리를 하십니까. 가만히 놔뒀으면, 그래요. 폭동으로 번졌을 겁니다. 그룹을 위해 최선의 결정을 한 겁니다. 내 개인적인 욕심보다 그룹의 공익(公益)을 우선……."

"집어치워. 듣는 내가 다 민망해지는군. 굴러온 돌에게 그룹을 빼앗겨 버리질 않나. 네 녀석, 이렇게밖에 못 하는 녀석이었나?"

"아아. 알겠습니다. 날 조롱하기 위해서 남아 있는 거로군요. 기꺼이 받아들이죠. 살아나려면 당신이 필요한 건 인정하니."

"멍청하긴. 지금도 늦지 않았다. 용병들을 규합하고, 그룹원들의 마음을 네게로 돌려. 내 무력에 굴하지 않을 충성심을 만들라고. 그때는 나를 겨냥해 무언가를 도모해 볼 수 있을 것 같지 않나?"

"크……."

녀석은 아랫입술을 질끈 깨물었다.

그러다 문득 깨달은 바가 있는지, 나를 빤히 쳐다보았다.

"왜 이런 수고를 하시는 겁니까? 날 조롱하려는 게 아니라면 왜?"

"똑같은 말을 여러 번 하기도 지겹군."

"말도 안 되는 그 말을, 납득하라는 겁니까? 내가 당신의 사람이라고?"

"이미 그렇게 진행되고 있지. 애송이."

"당신 정말……."

"해 볼 수 있는 데까지 해 봐. 나를 쓰러트려 보란 말이다. 그러기 위해선 일단 그룹을 하나로 뭉쳐야 하겠지. 용병들이 필요 없어 보이겠지만, 저들을 데리고 들어온 건 네 녀석이라는 사실도 명심하고."

확신할 수 있었다.

기존의 역사대로였다면 용병들은 여기서 전략 자원으로 활용됐을 것이다.

끝까지 남아 있던 용병이 있다 쳐도 살인멸구(殺人滅口)로 끝났을 것이다.

나는 조슈아의 어깨를 툭툭 쳐 준 후 자리에서 일어났다. 녀석은 수치심이 가득한 얼굴로 나를 올려다보기만 할 뿐이었다.

용병들은 잡일을 도맡게 되었다.

몬스터 시체를 치우고 식량을 데우고 배급하며 그룹원들에게 편의가 될 일이라 생각되는 일거리는 모두 그들의 몫이었다.

물론 시야가 무척 좁아 어려움이 있었지만, 그것은 그들이 극복해야 할 일이었고 거기에 조금씩 익숙해져 갔다.

또한 최악의 상황, 그러니까 진영이 무너졌을 때에는 용병들이 백병전을 벌이도록 합의가 끝났다.

용병들과 그룹원들 사이에 위태위태한 분위기가 흐르지만 일단은 그렇게 마무리되었다.

한편 내 말에 자극을 받은 조슈아는 제 휴식 시간을 온통, 그룹원들과 용병 모두를 찾아 돌아다니며 말을 섞는 데쏟기 시작했다.

지금은 다음 방 공략을 앞둔, 정비 시간이다.

"미하엘. 따라와라."

"……또 무슨 문제 터졌어?"

"틈날 때마다 네 솜씨를 좀 다듬어 줘야겠다."

"날 가르쳐 준다고?"

우리의 분위기를 읽은 것 같았다. 미하엘보다 갈색코가빨랐다.

갈색코가 식판 안의 수프를 서둘러 마시고는 재빨리 일어났다.

"나. 나. 가르쳐 주십시오. 열심히. 부탁드립니다."

뭔데, 뭔데?

그런 느낌의 독일어와 함께 파티원 두 명 또한 갈색코를따라 했다.

조슈아에게 가장 쓸모없다고 생각되는 사람을 붙여 달라
고 했더니 여자 둘이 보내졌고.

글래머와 안경잡이였다.

"부탁드립니다."

"부탁드립니다."

*   *   *

우졸 네 마리를 처치.

우졸 열세 마리가 동족의 시신을 뛰어넘어 폭주(暴走)해
온 시점에서.

끈질기게 버티고 있던 진영이 무너지고야 말았다.

쿠아아악!

통나무 같은 팔다리를 휘두르며, 거대한 뿔로 진영을 밀
고 들어왔다.

도와주십시오!

조슈아가 그런 간절한 눈빛으로 나를 쳐다보았다.

"멍청한 자식. 언제까지 내게 의존할 테냐. 모두가 너를
보게 만들어! 네게 의존하게 만들란 말이다!"

조슈아의 얼굴이 잔뜩 일그러졌다.

그는 악이 받친 눈으로 나를 노려보더니 전방을 향해 시

선을 돌렸다.

[오딘의 분노를 시전 하였습니다.]
[대상: 미하엘의 단검]

"공대장을 보호해. 그리고 가르쳐 준 대로만 하는 거다. 가!"

미하엘도 뛰쳐나갔다.

그는 폭주한 기관차에 치이기 일보 직전인 조슈아를 밀쳐 버린 후.

우졸의 복부에 단검을 찔러 넣었다. 우졸은 그 즉시 새까맣게 타오르며 뇌력에 의해 갈기갈기 찢어졌다.

미하엘이 다른 우졸의 공격을 직감했는지 빠르게 뒤로 구르는 도중, 녀석이 쥐고 있던 단검은 조슈아에게 인계되었다.

"으아아악!"

조슈아가 내지른 소리는 비명도 기합도 아니었다. 그건 광기(狂氣)였다.

"회장님!"

"공대장님!"

"조슈아 님!"

녀석을 부르는 호칭은 아직 통합되지 않았다. 그래도 상관없었다.

모두가 녀석의 광기에 휩쓸리고 있는 게 중요하다.

조수아가 외쳤다.

"물러서지 마! 죽여어어어어어엇!"

그 광경을 마지막으로 나는 높이 뛰어올랐다.

방은 천장 또한 높다. 천장 끝에서 내려다본 아래는 치열한 전쟁터였다.

떨어진 그대로 우졸 한 마리의 정수리를 짓밟았다.

와직!

동시에 내 몸에서 뛰쳐나간 데비의 칼이 일대를 휩쓸었다.

한 번에 우졸 아홉 마리의 움직임이 멈췄다. 그때는 이미 조수아의 광기에 동요한 근접 딜러들이, 우졸들에게 득달같이 달려들고 있던 때였다.

득달같이? 잘못 표현했다.

'들개 떼 같이'였다.

그들이 우졸을 건드리자 내가 잘라 놓은 우졸의 대가리들이 비로소 목에서 분리되어 나왔다.

그룹원들은 처음 우졸을 죽였을 때의 조수아처럼, 자신들이 무엇을 하는지 제대로 분간하지 못했다.

스킬 재사용 시간 따윈 안중에도 없었다. 이미 죽어 버린 것도 보이지 않고, 눈앞의 괴물을 죽여야만 살 수 있다는 일념에 사로잡혀 있었다.

개중에는 기파(氣波) 형식의 스킬이 몇 개 있었는데, 그것들이 자아내는 다채로운 기운들이 요란했다.

한 번에 일었다가 한 번에 꺼졌다.

그 후에도 녀석들은 여전히 공황 상태에 빠진 채 움직였다. 소리를 지르거나 이를 악물면서 쓰러진 우졸의 시체를 난자한다. 분리된 대가리의 눈알을 후벼 파는 녀석도 더러 있었다.

진영에서 이탈한 원거리 딜러들까지 합세했다. 모두가 우졸의 시신들을 유린하기 시작했다.

그룹원들이 울부짖는 소리는 더 커졌다.

"으아아아악!"

한편 노랑머리와 미하엘이 우졸 한 마리를 두고 분전 중이었다.

우졸은 노랑머리가 쥔 단검에서 뻗치는 뇌력들이, 닿기만 해도 제 살점을 짓이겨 버릴 거라는 걸 직감한 듯했다.

미하엘이 움츠러든 우졸의 뒤를 돌아가며 글래머와 안경잡이를 소리쳐 불렀다.

그쪽 싸움은 1:4가 되었다.

나는 그쯤에서 나머지 두 마리를 마무리 지었다. 그런 다음 미하엘 쪽에 합류했다.

우졸의 주먹이 글래머의 얼굴에 직격하기 일보 직전. 나는 우졸의 등에 손을 쑤셔 박았다. 그렇게 움켜쥔 것은 심장.

콰악!

우졸의 체내 안에서 그것의 심장이 터져 버리는 게 전해져 왔다.

거기까지는 애송이 녀석들 입장에서 눈 깜짝할 사이에 일어난 일이었다.

우졸이 쓰러져 버린 다음에야, 글래머가 비명을 질렀다.

"꺄아아악!"

글래머는 거대한 주먹에 직격되기 직전이라서 반사적으로 두 눈을 질끈 감은 채였다.

그러나 아무 일도 일어나지 않자, 그녀의 눈이 천천히 떠졌다. 그녀가 제 발밑에 쓰러져 있는 우졸과 나를 번갈아 쳐다봤다. 경악과 안도가 복잡하게 얽힌, 글래머의 시선이 내 얼굴에 박혔다.

"끝났다. 클리어야."

미하엘에게 말했다.

거친 숨을 몰아쉬고 있는 그에게는 내 말이 닿지 않았다.

"뭐?"

"클리어라고."

미하엘은 황급히 주위를 두리번거렸다. 그럴 수밖에 없던 이유는 그룹원들이 울부짖는 소리가 여전히 컸기 때문이었다.

부상을 입은 자들이 흘리는 신음 소리가 완전히 묻힐 정도였다.

그제야 미하엘은 상황을 파악했다.

"멈춰! 멈춰!"

그가 소리를 지르며 우졸의 시신에 달라붙어 있는 그룹원들을 떼어 내기 시작했다.

그때 나는 글래머에게 조슈아를 턱짓해 가리켰다.

글래머가 조슈아를 향해 뛰어갔다. 조슈아가 입은 부상은 꽤 컸다. 타인의 도움이 없이는 혼자서 일어날 수 없는 상태였다.

안경잡이도 보냈다. 조슈아는 두 여자의 부축을 받아 일어났다.

"집주우우우웅!"

조슈아가 외쳤다.

당연히 그 다음에 피를 토하며 얼굴을 구겼다.

난장판도 그런 난장판이 따로 없었다.

한편 그저 소리로만 상황을 파악할 수밖에 없는 용병들은, 그래서 더 겁에 질려 있었다.

조슈아는 용병들을 쳐다보던 시선을 내게 가져왔다. 고통이 상당하겠지만 녀석은 어떻게든 버티고 섰다. 그러고는 내게서 시선을 떼지 않은 채, 녀석이 다시 크게 외쳤다.

"집주우우웅!"

모든 이목이 녀석에게 쏠렸다. 그때부터 녀석이 온갖 지시들을 빠르게 내리기 시작했다.

*　　*　　*

그룹원들은 던전에 들어온 이후로 가장 많은 우졸을 상대해 봤다.

그 결과 조슈아의 갈비뼈는 유리처럼 산산조각 났다. 갈색코는 우졸의 뿔에 복부가 뚫려 버렸다. 멀대는 두개골이 함몰돼 사경을 헤맨다.

가장 심각한 건, 조슈아의 파티에 속해 있던 뚱뚱보다.

녀석은 우졸들의 돌진을 맨몸으로 받았다.

탱커형 스킬인 암석화가 있었기에 아직 목숨이 달려 있던 것이지, 민간인들이었다면 그 자리에서 즉사했을 일이었다.

그룹에 힐러는 두 명이었다.

조슈아가 자신에게 붙으려던 힐러들을 멀대와 뚱뚱보에게 보냈다.

민간인 의사도 딱 두 명이었는데, 부상자들 사이를 돌아다니느라 분주했다.

나는 갈색코에게 향했다.

이 녀석도 사경을 헤매긴 마찬가지.

힐러 수는 한정되어 있을뿐더러 스킬 재사용 시간도 마찬가지였다.

"도와…… 주세요…… 아파요…… 많이…… 도와주세요……."

"살긴 글렀군."

미하엘의 말이었다.

미하엘은 처음으로 갈색코에게 연민의 눈빛을 띠었다.

직전의 전투는 증시로 예를 들자면, 패닉 셀(Panic Sell: 급격한 시장의 변동성에 당황하여 일어난 대규모 매도 현상) 같은 것이었다. 그것을 겪어 보지 않은 자들은 아무리 설명해 줘도, 당시에 치달은 사람들의 감정을 이해하지 못한다.

중요한 건 한 번이라도 경험해 본 이후다.

경험자들은 자신의 상태를 직감, 과거의 실수를 저지르지 않도록 노력하게 된다.

E 등급짜리 치유의 인장 값어치로는 충분한 지도란 것이다.

내 가슴에서 은색 빛무리가 터져 나왔다.

그것이 갈색코의 전신을 감싸며, 갈색코도 빠르게 아물어 가는 제 복부를 놀란 눈으로 쳐다보았다. 그러다 갈색코의 눈이 천천히 감겼다.

미하엘이 황급히 나를 쳐다보았다.

"안 죽었어. 비로소 기절할 수 있게 된 거다."

*   *   *

이선의 주력 스킬은 오시리스의 영역이었다. 그것이 최고조로 발동되었을 때, 가히 군단이라고 할 만한 숫자의 그림자들을 소환해 냈다.

그래서 이선 자체로도 일인군단(一人軍團)이라 불렸지만.

이선의 진짜 힘은 레볼루치온에 있었다.

이선이 레볼루치온을 등에 업었을 때는 누구도 그의 패권에 도전하지 못했다. 그래서 이선은 광오했고 무자비했다.

하지만 때로는 적들에게조차 자비로웠던 것이 진짜 이선이었다.

그는 적들을 제 휘하로 포용해 세력을 확장시켰었다. 나는 거부했었지만.

"조슈아."

조슈아가 눈을 치켜뜨며 말없이 나를 올려다봤다.

"……"

바로 저거다.

저 눈빛!

줄곧 기다려 왔던 눈빛이 녀석의 두 눈 안에 품어져 있었다.

진정한 이선의 것이다.

나는 너무나 기뻐서 온몸에 힘이 들어갔다.

패닉을 경험해 보지 않은 자들은 패닉을 모르듯, 이는 육성가들만이 공감할 수 있는 희열이었다.

중학교 교사에 불과했던 여린 우연희가 몇 명분의 몫을 해내게 되었을 때 느꼈던 것과 똑같은 감정이 심장 깊숙한 곳부터 치밀어 올랐다.

몸이 떨렸다.

저 눈빛! 저 눈빛 하나를 띠게 만들기 위해!

녀석을 꾸준히 조롱하여 오기를 끌어냈고, 적을 자처하여 던전이 자아내는 공포감을 내 쪽으로 돌려 오지 않았던가!

물론 이런 지도 방식은 사회에서는 절대 적합하지 않다. 반감이 극에 치닫거나 절망에 빠져 버리니까.

하지만 레볼루치온의 주인이 될 운명을 타고난 자라면 그렇게 리더의 잠재력을 타고났다면, 반감 따위는 극복하고 알을 깨고 나와야 했다. 그룹을 위해서.

[인장 '치유'를 사용 하였습니다.]

[대상 : 이선(二善)]

녀석의 얼굴이 한결 편안해졌다.

녀석이 자리에서 일어나 주위를 돌아보았다.

광기 어렸던 한바탕의 전투가 끝난 후, 부상자들의 신음소리가 가득 찬 곳이었다.

나를 노려보던 녀석의 두 눈에서 힘이 빠졌다. 녀석의 입가에는 희미한 미소가 떠오르고 있었다.

"생각이 바뀌었습니다. 리, 당신을……."

"오딘이라 불러."

녀석의 이어질 말에 기대가 컸다.

"오딘…… 굉장한 이름이지만 당신은 그렇게 불려도 마땅할 것 같군요. 그래서입니다. 그런 당신이니까, 기필코 내 사람으로 만들어야겠습니다."

녀석이 계속 말했다.

"여기서 나간 후에 보여 드리죠. 제가 어디까지 할 수 있는지 알고 나면 당신도 현실을 똑바로 바라볼 수 있게 되겠죠. 그러니 그때까지만 부탁드리겠습니다. 가능하시다면 사망자만 나오지 않게 해 주십시오. 나머지는 제가 어떻게든 해 보죠."

녀석은 당당했다.

그 시점에서 녀석을 채찍질할 필요가 없어졌다.

지도는 그렇게 끝이 났다. 이제 남은 건 리더로 거듭난 녀석을 거둬들이는 것뿐이다.

"미하엘!"

미하엘이 뛰어왔다.

"조슈아를 부축해."

"괜찮습니다."

"그래도 달리지는 못할 거다. 조슈아 부축하고 내 뒤를 놓치지 마라."

"아! 지금은 다들……."

"쉬도록 내버려 둬. 우리끼리만 간다. 그 전에……."

두 녀석을 대동하고 가는 이유는 다른 게 아니다.

조슈아만큼은 내 진짜 힘을 반드시 목격해야만 한다.

[퀘스트 '바클란 퇴치'를 리셋 하시겠습니까?]

[바클란 퇴치 : 바클란 병사 처치 27/30]

시작에 앞서.

공격대 형성 이전부터 누적되어 온 숫자들을 지웠다.

[퀘스트 '바클란 퇴치'를 리셋 하였습니다.]

[바클란 퇴치 : 바클란 병사 처치 0/30]

"전리품 획득 방식을 '합의' 로 바꿔."

[공격대의 전리품 획득 방식이 '합의'로 변동 되었습

니다.]

"조슈아. 다음부터는 네 방식대로 해. 그럼 잘 따라오도

록."

Chapter 5.

　그는 너무나 이기적이고, 가학적이며, 제 생각에만 빠져
사는 반(反)사회적인 인사였다.

　애송이라는 둥, 참고 견뎌서 자신을 쓰러트려 보라는 둥.

　사회에서는 누구도 자신에게 그렇게 노골적으로 굴지 못
했다.

　언제나 미소 짓는 낯들뿐이었다.

　조슈아는 오딘을 대할 때마다, 여기가 사회와는 완벽하
게 단절된 무법(無法)의 지옥 구덩이임을 실감할 수밖에 없
었다.

　하지만 어떻게든 살아서 나가기만 한다면.

그렇게만 된다면!

본인이 느끼고 있는 무력감을 오딘에게 되돌려 줄 수 있다고 자신했다. 그래서 그것만 생각하고 있었다. 나간 후의 계획들을.

그러던 생각이 깨진 건 직전의 전투에서였다. 그토록 바랐건만 냉정하게 돌아온 말에, 머릿속에서 뭔가가 뚝 끊겨 버렸다.

그렇게 저질러 버린 일이긴 하지만, 태어나서 처음 겪어 보는 일이었다.

광기의 도가니가 되고 만 것은 부정할 수 없는 사실이다.

어쨌든지 간에 본인이 시발점이었다.

오딘이 나서 줄 것만을 기대하며 멍청하게 굴고 있던 그룹원들이 본인을 따라서 전투에 합류하지 않았던가!

기대도 하지 않았는데!

그때였었다.

그룹원들이 자신을 따라 전투에 합류한 건 본인의 재력과 뒷배경 때문이 아니었다. 베를린 텔레콤? 유서 깊은 카르얀 가문의 핏줄?

그딴 건 진즉 아무런 의미가 없게 된 세계가 바로 여기였다.

조슈아는 순간에 뒤바뀌어진 당시의 공기를 죽을 때까지

잊을 수 없을 거라 직감했다.

그래서 흉통이 엄청나도 기분이 새로웠다.

마치 다시 태어난 기분이었다.

비로소 해야 할 일들이 명확해졌다.

그룹원들과 용병들의 마음을 하나로 합치는 게 최우선.

오딘의 도발대로 그를 쓰러트리기 위해서가 아니라, 그룹 공동의 생존을 위해서 말이다.

그리고 여기에서 나가게 된다면 앙갚음하는 대신 오딘을 회유하기로 마음을 바꿔 먹었다. 수단과 방법을 가리지 않을 생각이었다.

정당한 방법이든 부정한 방법이든. 자존심 따위도 얼마든지 버릴 수 있다 생각했다. 오딘에게는 그럴 만한 가치가 있으니까.

자본 사회의 엄격한 룰을 가르쳐 주는 것으로, 시스템상의 능력보다 더 큰 힘이 존재한다는 것을 깨우쳐 줄 생각이었다.

회유는 거기서부터가 시작이다.

조슈아는 오딘에게 배운 것들을 오딘에게 써먹을 생각들로 솔직히 조금 들떠 있었다.

하지만 그런 잠깐의 기쁨도…….

                    *   *   *

 꿀꺽. 조슈아는 침을 삼켜 넘겼다.

 미하엘도 할 말을 잃었다.

 황급히 진입한 통로도 방에도, 머리가 터지거나 가슴이
뚫려 버린 괴물 시체들만 그들을 기다리고 있었다.

 메시지만 빠르게 떠 댔다.

   [0.16 포인트를 분배 받았습니다.]

   [0.16 포인트를 분배 받았습니다.]

   ……

   [0.16 포인트를 분배 받았습니다.]

 사냥 퀘스트는 진즉 끝났다.

 그 이후로 쏟아지는 메시지가 무려 30개를 넘고 있었다.

 조슈아와 미하엘은 선후의 뒤를 따라가기는커녕, 열려
있는 문을 쫓아 들어가는 것만으로도 버거웠다. 가는 길마
다 시체밖에 없었다.

 잠시 후 둘은 맞은편에서 달려 나오는 뭔가에 기겁했다.

 엄청난 속도로 돌진해 오고 있었다. 너무도 빨라서 형체
를 분간하기 어려웠다.

그것은 어찌나 빠른지 질풍까지 몰고 왔다.

둘의 머리칼이 바람에 휘날리고, 둘의 얼굴에도 굉장한 바람이 부딪쳤다.

"읍!"

둘은 반사적으로 눈부터 감겼다.

"이쪽 진로는 클리어다."

둘의 귓가로 익숙한 목소리가 들렸다.

조슈아가 눈을 떴다.

선후의 몸에 묻은 피라곤 손바닥에서 뚝뚝 떨어지고 있는 핏물밖에 없었다. 그보다도 조금 전 엄청난 속도로 돌진해 왔던 것이 선후라는 사실에, 등골이 더 오싹해졌다.

미하엘과 조슈아가 선후를 바라보는 시선에는 차이가 있었다.

'미쳤다! 미쳤어. 어떻게 사람이…… 나도 저렇게 될 수 있을까?'

'이 정도일 줄이야…… 육체 능력이 상식을 뛰어넘는다. 용병들과 그룹원들이 다 달려들어도 붙잡아 두기는 힘들겠어. 부모가 하는 사업을 압박해서 유인해야 한다. 부모에 애착이 있어야 할 텐데.'

"따라오면서 들어. 각 던전에는 던전 박스라는 게 있다."

선후가 발을 뗐다.

던전 박스와 실제 박스의 차이점, 던전의 구성 종류, 알람 몬스터, 대전 퀘스트와 보스 퀘스트 등.

설명을 이어 나갔다.

조슈아를 향하는 선후의 어투는 한결 풀어져 있었다. 전처럼 몰아세우는 식의 도발이 없었다. 선 경험자로서의 지식을 차분하게 전달하는 식이었다.

조슈아가 그런 선후의 변화를 눈치채지 못할 리가 없었다.

조슈아는 왜인지 기분이 좋았다.

비로소 인정받기 시작했고, 그것을 본인이 기꺼운 마음으로 받아들인다는 것을 문득 깨달았을 때.

아!

조슈아는 얼굴이 화끈하게 달아올라 미칠 것만 같았다.

"조슈아."

선후가 그의 이름을 부르자, 조슈아는 아랫입술을 질끈 깨물었다.

뭐라고 대답해야 할까. 전처럼 '예'라고 대답해야 할까, 아니면 뭡니까! 라고 받아쳐 줘야 할까.

조슈아는 물론 그것이 쓸데없는 고민임을 모르지 않았다.

하지만 조금 전에 순간 느꼈던 감정 때문에, 스스로가 너무 못마땅했다.

"여기는 너에게 '튜토리얼'이다. 여기서 나간 후부터가 진짜지. 다음번부터는 내가 없을 거란 말이다."

"지금 다 가르쳐 주려고 애쓰지 않으셔도 됩니다. 이후로도 함께하실 수밖에 없으실 겁니다."

"바깥에서 일어날 일이 몹시 기대가 되는군그래. 오래 걸리지 않을 거다. 잘 따라와."

쉐아아악—

조슈아는 갑자기 눈앞에서 사라진 선후를 쫓아 고개를 돌렸다.

선후로 추정되는 검은 그림자는 어느새 먼 통로 끝에 있었다. 그리고 마치 방 속으로 빨려 들어가듯 사라지는 것이었다.

"대단하지 않나? 생각보다 우리는…… 대단한 존재였다."

미하엘이 말했다.

그런데 지금껏 조슈아를 회장님이라 칭해 오며 공손하기만 했던, 그 미하엘이 아니었다.

조슈아는 개의치 않았다.

"미하엘에게는 그런 것만 보이는 모양이군요."

"응?"

"저렇게 강해지기까지, 얼마나 많은 지옥을 헤쳐 왔겠습니까? 그건 인정해야 합니다."

"따라잡아야지. 불가능한 것만은 아니잖아. 우리에게도 가능성이 있어."

"하하."

"마음껏 비웃어. 나라도 비웃었을 테니까."

"그게 아닙니다."

"그럼?"

"그렇지 않아도 미하엘을 눈여겨보고 있었습니다. 우리 같이해 보죠. 시스템에는 존재하지 않지만, 다음부터는 미하엘을 부 공격대장으로 임명하고 권한도 새로 설정하겠습니다."

"……."

"오딘을 따라갈 생각이었군요?"

"오딘?"

"그렇게 불러 달라고 했습니다."

"내게는 그런 소리 없었어."

'너는 오딘에게 인정받지 못했으니까.'

조슈아는 속으로 고소를 삼켰다가, 또 아랫입술을 깨물었다.

"오딘이 당신을 데리고 갈 생각이었다면, 진즉 그 뜻을 밝혔을 겁니다. 당신에게도 '오딘'이라고 부르라 했겠죠."

"그러니까 왜 너한테만……."

"어차피 오딘은 우리 그룹에 계속 남아 있게 될 겁니다. 두고 보세요."

[0.16 포인트를 분배 받았습니다.]

메시지가 다시 쏟아지기 시작했다.

＊　　＊　　＊

속도뿐만이 아니었다.

대전 퀘스트 상의 바클란 전사는 지금껏 상대해 왔던 괴물들보다 더 강한 괴물임이 틀림없었다.

거기까지는 그래도 '오딘이라면…….' 하고 납득할 만했다.

그러나 그가 보스 방이라고 가리켰던 문이 열리던 순간.

수십 마리의 바클란 병사와 전사가 한 공간 안에서 우글거리고, 그 중심에서는 화염이 이글거리는 눈을 가진 거대한 악마가 몸을 일으키고 있었다.

지금까지는 괴물들과 생존 싸움을 벌여 왔기 때문에 여기를 지옥이라고 불러 왔다.

하지만 눈앞의 광경은 사실 던전은 지옥으로 통하는 입구가 아니었을까, 하는 의심을 품게 만든다.

조슈아와 미하엘은 완전히 압도되었다.

'저, 저긴 오딘이라고 해도 안 돼…….'

조슈아는 말이 나오지 않았다. 소름 끼치는 떨림만이 온몸을 에워싼 채, 도망치라는 경고를 열렬히 전해 오고 있었다.

그 순간.

조슈아의 뇌리로 지금껏 오딘이 해 왔던 말들이 스쳐 지나갔다.

"그룹의 생존이 네게 달렸다. 사회에서 체득한 걸 날려 먹지 마."

"너는 아직 애송이라, 내 손길이 필요하거든."

"해 볼 수 있는 데까지 해 봐. 나를 쓰러트려 보란 말이다."

미궁 끝에서 무엇이 모두를 기다리고 있는지 처음부터 알고 있었던 것이다.

그러니까 그렇게 채찍질해 왔던 것이었다.

엉망진창인 그룹원들이 다 죽어 버릴 게 뻔히 보였기에!

　"여기는 너에게 '튜토리얼'이다. 여기서 나간 후
　부터가 진짜지. 다음번부터는 내가 없을 거란 말이
　다."

그러니까 리더인 자신부터 각성시키려 했던 것이었다.

이런 지옥이 펼쳐져 있으리라고는.

차마……

조슈아는 눈앞이 캄캄해졌다. 정말로 보이는 게 없었다.

괴물들이 자아내는 끔찍한 숨소리들만 들렸다.

"던전 공략의 여부는 보스전에 달렸다."

그런데 지옥문을 연 사람치고, 너무나 차분한 목소리였
다.

그 안정된 목소리 때문일까.

조슈아의 시야가 되돌아왔다.

조슈아는 눈을 깜박거렸다.

달려든 괴물 하나가 원인 모를 뭔가에 튕겨져 날아가고
있었다. 그리고는 허공에서 펑 터져, 핏물과 살점들을 사방
으로 흩뿌렸다.

한 번 더 있었다.

괴물 세 마리가 오딘에게 한꺼번에 달려들었다.

그때 오딘의 몸에서 뻗쳐 나간 검은 칼날 같은 것이 괴물 셋의 목을 절단했다.

그게 끝이 아니었다.

칼날? 칼날처럼 형성된 에너지?

그러한 것이 바깥에 위치한 괴물들부터 휩쓸더니, 괴물들이 운집한 중심을 향해 점점 작은 궤도를 그려 나갔다.

스삭. 스삭—

괴물의 대가리들이 허공에서 춤을 추었다.

목을 잃어버린 시체들은 바닥에 쓰러지며 육중한 소리들을 내기 시작했다.

잘린 단면에서 흘러나오기 시작한 핏물들이 온 바닥을 흥건하게 물들인다.

조슈아는 제 목이 잘린 듯, 온몸에 힘이 하나도 남아 있지 않았다.

저것이야말로 몰살(沒殺)이었다.

조슈아가 뒤로 쓰러지려는 것을 미하엘이 붙잡아 세웠다.

미하엘의 손도 부들부들 떨리고 있었다. 안색은 창백했고 두 눈은 더할 수 없을 정도로 확장된 채 동공이 떨리고 있었다.

둘은 보스 몬스터를 향해 걸어 나가는 오딘을 바라보았다.

악마가 그를 향해 뛰어오고 있었다.

그 악마는 지축을 울리며 제 앞에 존재하는 것을 모두 박살 낼 기세였다.

"오딘!"

조슈아가 소리쳤다.

그의 외침이 메아리로 울렸다.

"오디이이인—"

그 소리가 채 사그라지기 전.

악마는 오딘의 한 발 아래에 깔려 있었다. 제 몸보다 몇 배는 큰 악마의 목덜미를 움켜쥐고는 상체를 일으켜 세운다.

그런 다음 퍽!

오딘의 주먹이 악마의 가슴에 들어갔다 나왔다. 그렇게 악마가 고통에 몸부림치기 시작한 광경은 실로 기괴했다.

조슈아는 악마를 장난감 다루듯 하고 있는 오딘의 모습을 멍하니 쳐다보았다.

진짜 악마는 따로 있었다.

조슈아는 저 앞의 광경이 현실처럼 느껴지지가 않았다.

악몽을 꾸는 듯했다.

바닥에 굴러다니는 목, 피 웅덩이, 목 잃은 시체들.

그리고 지옥에서 기어 나왔을 게 분명한 악마는 더 강력한 악마의 손에 의해 죽임을 당하고 있었다.

어떤 저항도 하지 못한 채로.

*　　　*　　　*

바깥에 나왔을 때는 밤이었다.

생존자들이 감격에 찬 얼굴로 달을 올려다보고 있을 때.

사람들이 모여들었다. 그들은 던전 입구를 지키고 있던 용병 부대와 조슈아의 최측근들로, 생존자들의 몰골에 말을 잇질 못했다.

생존자 모두는 덕지덕지 굳은 피딱지를 달고 있었다. 머리끝부터 발끝까지, 그렇게 처참한 몰골이 또 없었던 것이다.

던전에 진입하지 않았던 사람들이 각자의 리더 쪽으로 몰렸다.

조슈아가 제 측근들을 뿌리치며 내게 다가왔다. 보스 방에서 받았던 충격이 가시지 않았던지, 무척 작은 목소리였다.

"저택으로 모시겠습니다."

"아니. 차 하나 내줬으면 좋겠군. 나는 윌슨 호텔에서 머물고 있겠다."

＊　　　＊　　　＊

"병원으로 가셔야 합니다."

"저택으로."

"회장님."

"지금부터가 중요합니다. 저택으로."

남자는 조슈아의 눈빛과 어투에서 섬뜩한 느낌을 받았다.

사무실에서 중대한 프로젝트를 단행할 때 보였던 모습과는 차원이 달랐다.

남자는 조슈아와 함께 탑승한 용병대장으로 시선을 옮겼다.

용병대장을 조슈아에게 추천한 게 남자였다.

보스니아 내전 발발 직후부터 데이턴 협정이 체결되기까지, 용병대장의 팀은 '발칸반도의 해골단'이라는 명성을 얻을 정도로 수많은 전공을 세웠다.

그래서 용병대장을 부르는 별명도 해골단장이었다. 그랬

던 사람이 초췌하기 짝이 없었다.

던전이라 불리는 초자연적인 공간에서 어떤 일이 있었던 것일까?

들어갔던 사람들이 달라져서 나왔다.

"대장님. 던전에서는 제가 많이 부족한 모습을 보여 드렸습니다. 그 점 진심으로 사과드리겠습니다."

"당시는…… 모두가 패닉 상태였습니다."

할 수만 있다면 당장 머릿속에서 지워 버리고 싶은 기억들이다.

"구두로 했던 계약들 말입니다."

"한 가지만 약조해 주신다면……."

"대장님의 사람들이 다시 던전에 들어가는 일은 없을 겁니다. 그래서는 안 될 일이죠. 던전 바깥의 일을 도맡아서 하시게 될 겁니다. 한데 지금 인원으로는 턱없이 부족합니다."

"얼마나 염두에 두십니까?"

"많을수록 좋습니다. 조달할 수는 있습니까? 지금 시기가……."

용병대장은 생각에 잠겼다.

불과 몇 시간 전만 해도 바깥 빛을 다시 보지 못할 것 같았다.

그런데 바깥에 나와서 용병 시장을 계산하고 있노라니, 낯선 기분에 휩싸였다.

갑자기 왜 지금일까.

용병대장은 울음이 터져 나올 것만 같았다. 황급히 자동차 창문을 열었다.

세찬 바람 그리고 밤하늘의 달빛. 새삼 살아 돌아온 게 실감되었다.

비로소 본래 있어야 할 자리로 돌아온 것이었다. 용병대장이 울음을 억누르고 있던 그때, 조슈아가 용병대장의 어깨를 토닥였다.

"죄송합니다. 대장님."

"크흠. 정리가 끝나는 대로 미국으로 가 보겠습니다."

"미국?"

"화이트 워터라고 들어 보셨습니까? 우리 같은 프리랜서가 아니라 기업입니다만."

"민간 보안 시장은 자세히 모릅니다."

"8.11 테러 이후로 화이트 워터의 성장세가 폭발적입니다. 업계 전체가 아프가니스탄 전쟁으로 쏠리고 있는 추세이긴 합니다만, 거기서라면 아마……."

조슈아는 고개를 끄덕였다.

"늦지 않으면 좋겠군요. 서둘러 주십시오."

차량은 다시 조용했다.

그러자 용병대장에게는 어둠 속에서 들려왔던 비명 소리들이, 조슈아에게는 보스 방에서 목격했던 광경이 아른거리기 시작했다.

괴물과 악마를 장난감 다루듯이 했던, 무시무시한 오딘의 능력.

가공할 그 능력 앞에서는 사고가 정지되는 듯했다.

그래도 그가 눈앞에서 보이지 않자, 생각들이 하나둘 정리되고 있었다.

본래는 가문의 힘을 빌려 오딘을 압박하려 했다. 자본 사회 앞에 무릎부터 꿇린 다음, 자신이 맛봤던 절망감을 선사하며 천천히 회유할 생각이었다.

그러나 보스 방에서 목격한 오딘은 이 세계에서 이질적인 존재였다.

개인의 무력 따위는 의미가 없어진 시대라고 하지만, 오딘의 능력은 시대를 초월할 수도 있었다.

그렇게나 빠르고 그렇게나 강력한데. 세상 어떤 무기로 그를 제압할 수 있을까.

총을 쏘기도 전에 피할 것이며, 그에게 총을 겨눴던 자들은 숫자에 상관없이 모두가 다 목이 날아가 버릴 것이다.

그가 괴물들을 어떻게 몰살시켰는데!

일은 눈 깜짝할 사이에 벌어졌고, 그는 악마마저 장난감 다루듯 했다.

'무력으론 제압할 수 없어. 죽일 게 아니라면······.'

죽이고자 한다면 방법이 없는 것만은 아니다.

그의 시야가 미치지 않는 거리에서 저격하거나, 그가 예상하지 못한 때와 장소로 유인해서 폭발물을 터트리면 어떻게 해 볼 수도 있을 것 같았다.

그런 일은 바로 옆, 용병대장과 그의 사람들이 전문이다.

'오딘도 우리 같은 사람이긴 하니까. 아니······ 그래도 그게 될까? 골치만 아프군.'

혹은 공권력을 끌어오는 것인데, 그것은 자승자박(自繩自縛)인 격이었다.

또 문제는 오딘이 자신에게 접근했던 목적 또한 동일한 데 있었다.

서로가 서로를 원하고 있었다.

이건 승부나 다름없었다. 진 쪽이 그 아래로 들어가는 거다.

한데 오딘의 룰로 싸워서는 절대 승산이 없었다.

문제는 거기서 또 발생한다.

자신의 룰로 끌어들여도 안 될 것 같았다.

예컨대 오딘의 가족들이 하는 사업을 건드렸다간, 오딘

은 자본 사회의 룰이 아닌 본인의 룰로 보복할 것 같았다.

그는 이 세상에서도 얼마든지 무법자(無法者)가 될 수 있었다.

'이를 어쩐다.'

조슈아는 조수석 남자에게 말했다.

"'레오나드 리' 이름으로 최고급 방을 예약해 주세요. 윌슨 가든 인 베를린입니다."

잠시 후였다.

"조금 전에 동일한 이름으로 선 예약이 잡혔다 합니다."

"로얄 펜트하우스 스위트룸으로 옮겨 주세요."

"거기에 예약이 잡혀 있습니다."

"제대로 확인한 거 맞습니까?"

조슈아는 그럴 리 없다는 듯이 되물었다.

"다시 확인해 보겠습니다."

대답은 같았다.

로얄 펜트하우스 스위트룸.

집사, 요리사 및 모든 서비스 팀이 제공되고, 오스트리아 궁전을 본떠 만든 호화스러운 방이 총 열두 개.

그렇게 1박에 7만 달러나 하는 곳이다.

그래서 독일 정부에서 국빈을 대접할 때 외에는 보통 비어 있었으며 억만장자들도 거기에 예약을 잡기 위해선 한

번 더 고민을 하는 곳이었다.

그런데 확인을 해 보니, 그것도 1박이 아니라 30박 한 달을 통째로 예약했다는 것이다.

"내일 아침까지 레오나드 리와 그의 가족이 하는 사업에 대한 보고서가 올라와야 할 겁니다."

"예. 서두르겠습니다."

그날 밤 조슈아는 밤을 지새웠다.

일단 그룹원들에게는 박스를 열지 말라 지시했다.

그룹 시스템을 정비하는 시간을 가졌다.

이튿날 오전에 레오나드 리의 가족 사업에 대한 보고서를 받았다.

가족 사업뿐만 아니라 오딘을 영입하면서 받았던 조사 자료 전체가 허위였다. 레오나드 리라는 사람은 존재하지 않았다.

자세히 말하자면, 영입할 당시에는 존재했던 사업과 사람들이 갑자기 증발한 것이다.

'이거였나?'

조슈아는 분하지 않았다.

오히려 반갑게 다가왔다.

어젯밤부터였다.

보란 듯이 최고급 스위트룸에서 머물며, 지금껏 완벽했

던 신분이 사실 위장이었다는 사실을 공개해 버린 이유가
뭐겠는가.

오딘이 자신의 싸움을 받아 주고 있는 게 분명했다. 해
볼 수 있는 만큼 해 보라는 거다.

'여기에서. 여기 세상의 룰로만 겨룬다면 저는 당신에게
절대 질 수가 없습니다. 당신을 낱낱이 해부해 드리겠습니
다.'

조슈아는 본가로 향할 채비를 마쳤다.

*   *   *

본가의 질책과 의구심이 뒤따랐다. 하지만 지금은 본가
에 비밀을 들려줄 때가 아니었다.

그래도 본가의 예쁨을 받는 조슈아였기에 본가의 협조를
구할 수 있었다.

미 상무부와 재무부에서 관리하는 파일들이 조슈아의 손
에 들어왔다.

모든 돈에는 흔적이 남기 마련이다.

오딘의 위장 신분 중 하나였던 가짜 가족 사업체도 서류
상으로 존재하기 위해선 초기 자본금이 등록되어야만 했
다.

조슈아는 위장 사업체에 자본금이 유입된 흐름을 쫓았다.

"로렌스 케이블 마켓. 로렌스 리."

조슈아가 남자에게 사명과 사주의 이름을 말하면, 남자는 본가의 집사에게 연락을 취한다.

"드라이버골드. 로버트 영. 제프 머슨."

위이잉—

그렇게 들어오기 시작한 팩스가 끊임이 없었다.

반나절이 넘도록 매달린 끝에 조슈아의 입에서 즐거운 목소리가 터졌다.

"잡았다!"

최종적으로 케이맨 제도에서 들어온 자금을 밝혀낸 것이다.

오딘은 던전 속에서만 사는 사람이 아니었다. 그도 이 사회의 구성원일 뿐만 아니라, 사회의 룰을 꽤나 잘 다루고 있었다.

1억 불이 넘는 자금을 케이맨 제도에서 가져와, 여러 위장 사업체를 겹겹이 쌓아 수많은 거죽을 뒤집어쓰는 것으로.

위장 신분 '레오나드 리'와 그의 가짜 가족들을 실제 존재하는 사람처럼 만들었던 것이다.

그렇게 조슈아가 손에 쥔 것은 12자리의 이체 코드 번호였다.

그 이체 코드 번호가 곧, 오딘의 케이맨 제도 금고로 통하는 창구였다.

이번만큼은 조슈아가 본가의 집사에게 직접 연락했다.

〈 이체 코드 번호 992311417922. 실버만 케이맨 지점입니다. 〉

〈 도련님. 어르신들께서 주시하고 계십니다. 〉

〈 그러시겠죠. 심려 끼쳐 드리지 않을 겁니다. 이번 일만 마무리되고 나면……. 〉

그때 수화기 너머로 큰 소리가 들렸다. 본가는 항시 조용한 곳이다.

'절대 수화기 너머로까지 들릴 만한 소란이 날 수 없는 곳인데…….'

〈 무슨 일입니까? 〉

〈 도련님께서 신경 쓰실 만한 일이 아닙니다. 번호를 다시 불러 주시겠습니까. 〉

본가의 총애를 받고 있지만, 그것이 본가의 사업에 개입할 수 있는 수준이라는 뜻은 아니었다. 아직은 요원한 일이다.

하지만 조슈아는 평소와는 다르게 담담히 받아들였다. 속으로 이를 갈지도 않았다.

던전에 들어가기 전까지만 해도, 본가의 이사회로 들어가 빌더버그 클럽의 일원으로 소속되는 것이 인생 최고의 목표였다.

그러나 지금 조슈아의 가슴 속에는 더 큰 야망이 꿈틀거리고 있었다.

그는 혁명(Revolution)을 그리는 중이었다.

조직을 완비하는 데 더불어 오딘을 끌어들일 수만 있다면…….

기존의 질서까지도 무너트릴 수 있는 일이었다.

이윽고.

위이이잉.

팩스에서 용지를 뽑아내기 시작했다. 조슈아의 측근이 그걸 뽑아 들었다. 그런데 남자는 선 자리에서 움직이지 않는 것이었다.

살짝 찌푸려진 얼굴로 조슈아를 쳐다보는 게 다였다.

조슈아가 직접 일어나 남자에게 다가갔다.

"회장님. 이건……."

남자가 말을 흐렸다. 조슈아는 어쩐지 불안한 느낌을 받았다. 그러며 남자의 떨리는 손에 의해 흔들리고 있는 서류를 넘겨받았다.

서류를 확인한 조슈아는 웃고야 말았다.

결코 즐거워 띤 미소가 아니었다.

오딘의 금고 이름은…….

「주식회사. 할로 조슈아(Hallo Joshua)」

그때 남자의 핸드폰이 울렸다.

남자가 휘둥그레진 눈을 뜨며 조슈아를 재차 불렀다.

"회장님. 회장님!"

"이게 뭔지는 저도 압니다. 괜찮습니다. 여기서부터 다시 시작을……."

"그게 아닙니다. 회장님의 본가가 공격받고 있습니다."

공격!

그 단어를 듣자마자 조슈아는 보스 방에서 목격했던 광경이 떠올랐다.

뎅강뎅강 잘려 나갔던 괴물들의 대가리 위에 본가 어르신들의 얼굴들이 겹쳐졌다. 절단면에서 흘러나오는 핏물들이 빠르게 번져, 본가 저택을 시뻘겋게 물들이기 시작했다.

조슈아는 끔찍한 후회가 들었다. 오딘의 뒤를 밟는 게 아니었다.

그렇게 무시무시한 존재를 어쩌자고!

그때.

조슈아의 정신을 깨운 건, 남자가 켠 텔레비전 뉴스 소리였다.

　　"마르크화의 집중적인 매도 공세로 2.25% 폭락,
　　유럽통화제도(EMS) 참가국들의 조속한……."

경제 채널에서는 이미 긴급 속보로 다뤄지고 있었다.

"공격받고 있다는 게 저거였습니까?"

저거라니요.

남자는 그런 황당한 얼굴로 조슈아를 빤히 쳐다보았다.

조슈아의 두 눈이 빠르게 깜빡거렸다.

"회장님. 회장님?"

조슈아의 눈빛이 흐릿해졌다.

'정말 오딘이 시작한 일이라면…… 아니다. 말도 안 돼. 우연이다, 우연!'

＊　　＊　　＊

2차 세계 대전에서 독일은 패망했다.

그래도 카르얀 가문만큼은 명맥을 유지했다. 오히려 카르얀 가문에게는 동독과 서독으로 분단된 시기가 더 힘든 시절이었다.

그러다 독일이 통일되고, 독일 경제가 통일 자금 문제로 휘청거리던 때.

비로소 카르얀 가문은 세계의 질서를 만드는 세력 안으로 편입됐다.

중세의 전성기를 되찾은 것이다.

"기다리고 있었습니다, 리. 진심으로 환영합니다."

아마도 이 이름 모를 늙은 집사는 독일 현대사의 중심에 있었을 것이다.

그뿐일까.

장막 뒤에서 유럽 경제를 쥐고 흔들던 전성기도 있었을 것이다.

나는 카르얀 가문의 본진에 들어왔다.

집사는 나를 역사 깊은 저택의 귀빈실 안으로 안내했다.

카르얀 가문의 이사회가 소집되어 있었다.

아직 입국하지 못한 이사들 자리는 공석.

모두의 이목이 내게로 쏠렸다.

"그대에게 영란은행을 습격했던 한 남자의 이야기를 들려주고 싶소."

아론 폰 카르얀.

카르얀 가문의 최고 실세는 가주석에 앉은 고상한 노인이었다.

"그대도 알다시피, 그 남자는 영국의 영란은행을 무너트린 이후 명성과 돈을 얻었소. 그러나 세상은 그가 14년간 시달렸던 소송에 대해선 잘 모르더이다. 그나마 잘 아는 사람들도 88년 프랑스의 일 때문이라고만 아는 게 전부일 거요. 진실이 궁금하지 않소?"

"이미 말씀해 주신 것 같습니다."

"그럼 길게 말하지 않으리다. 공격을 중단하시오. 손해 본 금액은 내 주머니에서 내어 주겠소. 비자금으로 넣으시오."

"오해가 있으시군요. LTCM이 조나단 투자 금융 그룹의 계열이라고는 하나, 이번 투자는……."

노인이 바로 내 말을 가로챘다.

"이번 공격은!"

노인이 목소리를 터트렸다. 가문 이사들은 노인의 한 마디 한 마디를 두려워하는 기색이었다.

그러나 노인의 노성 따윈 내 심장을 조금도 건드리지 못했다.

"이번 투자는 LTCM에서 단독으로 시작한 일이며, LTCM만이 아니라 우리 그룹의 모든 휘하 헤지 펀드들은 자유재량에 따라 움직입니다."

"그런 뻔한 얘기를 듣자고 여기서…… 콜록!"

콜록. 콜록.

한번 시작한 노인의 기침은 도무지 멈출 낌새가 보이지 않았다.

위태로워 보이지만 좌중 누구도 노인을 챙기지 않았다. 아니, 못하는 것 같았다. 카르얀 가문의 엄격한 룰에 지배되고 있는 공간이었다.

노인의 기침이 겨우 사그라졌다. 노인이 집사에게 고개를 끄덕여 보였다.

지금껏 서 있던 집사가 내 맞은편 자리에 앉았다.

"리는 투자라 말씀하시지만, 유럽 경제 전체에 대한 공격 행위입니다. 영란은행이 무너진 후 유럽 경제가 어떤 타격을 받았는지 아시지 않습니까. 8월 11일 이후 침체된 세계 경제가 조금씩 살아나려고 하는 이때, 금번의 공격 행위는 민간에도 큰 영향을 미칠 수밖에 없습니다. 리. 제 말이 틀렸습니까?"

집사는 월가의 귀신이 빙의된 것처럼 굴기 시작했다.

"그룹 휘하의 헤지 펀드가 자유재량으로 움직이는 것이라면 리는 우리를 왜 찾아온 겁니까."

"그게 오해란 말입니다. 전 친구를 만나러 왔을 뿐입니다."

"친구요?"

"베를린 텔레콤 대표 말입니다. 조슈아. 그 친구가 초대해 주더군요."

"그런 말씀 없으셨습니다."

"제 신상만 확인하기 바쁘셨죠. 덕분에 저는 공개하고 싶지 않은 것까지 밝혀야만 했습니다. 제가 조나단 투자 금융 그룹의 최대 주주라는 사실을 아는 사람은 몇 없습니다. 저로서는 큰 결심이었습니다만, 시기가 좋지 않았군요. 어쨌든 비밀은 지켜 주시리라 믿습니다."

그 때문이었다.

일명 카르얀 가문의 어르신들.

그러니까 이사들이 이 동양인 청년에게 눈을 떼지 못하는 이유가.

"조슈아 도련님이 리를 초청했다고요?"

"꽤 된 일이죠. 어쨌든 저는 지금 이 자리가 불편합니다. 저도 LTCM의 금번 투자 방식을 좋게 보는 건 아닙니다."

"그렇다면 그룹 입장을 발표하실 수는 없겠습니까, 리. 투기 세력들이 LTCM을 뒤쫓아 공격 대열에 합류하고 있는 건, 조나단 투자 금융 그룹이 보여 줬던 행보 때문입니다. LTCM은 리의 그룹에 속해 있으니까요. LTCM이 지지 않는 싸움을 한다 생각하는 겁니다."

"터무니없는 말씀이신 거 아시죠? 우리 그룹의 계열입니다. 제 사감과는 관계없이, 그룹 입장에서는 오히려 그들을 지원해 줘야 할 일이죠."

"나무만 보지 말고 숲을 봐 주십시오. 리."

"LTCM의 처지를 생각해 보시죠. 러시아발 금융 전쟁에서 몰락한 후, 우리 그룹에 흡수되었습니다. 악에 받칠 만큼 받쳤다는 겁니다. 그들이라고 만회하고 싶지 않겠습니까."

"유럽 경제를 공격하고 있어요. 리의 그룹은 지탄을 피할 수 없게 될 겁니다."

"공격은 97년 아시아에서 일어났던 게 진짜 공격입니다. 그래요, 공격이라 칩시다. 아시아는 공격해도 되고, 유럽은 공격하면 안 된다. 그 말씀이십니까?"

"……."

"그리고 왜 그리 초조해하십니까. 당신들은 카르얀 가문입니다. 고작 헤지 펀드 하나의 공격에 무너질 리가 없지 않습니까."

집사의 표정이 살짝 굳어졌다.

나는 마저 말했다.

"LTCM에 합류한 투기 세력들은 극소수입니다. 왜겠습니까. 당신들 카르얀 가문에서 각 은행들과 기관들에게 압박을 넣고 있지 않습니까? 이런 논쟁이나 벌이려고 방문한게 아닙니다. 조슈아에게 친구가 도착했다고 전해 주십시오."

그 말을 끝으로 나는 자리에서 일어났다. 장담컨대 카르얀 가문의 저택에 들어와서, 멋대로 일어날 수 있는 사람은 없다.

강대국의 정상급이라 할지라도 말이다. 이사들이 늙은 가주를 쳐다보았다.

어떤 호령이 떨어질지 기대 반 우려 반인 시선들.

가주가 말했다.

"실례가 많았소. 객실로 안내해 드리고 귀하게 모시게."

시간이 지난 후.

창밖으로 조슈아의 차가 들어오는 게 보였다. 그가 차에서 내리자마자 허겁지겁 뛰었다.

감각을 확장시켰다. 쓸데없는 소리들은 날려 버리고, 조슈아의 호흡 소리에 집중했다.

숨이 가빠 헉헉 나오는 소리가 아니었다.

녀석은 몹시 당혹스러워하고 있었다.

＊　　　＊　　　＊

"그, 존 도(John Doe) 말입니까?"

"잘 생각해 보세요. 도련님."

"조나단 투자 금융 그룹의 사람과는 만난 적이 없습니다. 하물며 최대 주주라뇨. 그자는 비밀스러운 자 아닙니까."

"그가 도련님의 친구라 합니다. 도련님의 초대를 받았다고도 했습니다. 본가로 초대한 사람들 중에 떠오르는 사람은 없습니까? 워낙에 비밀스러운 자라 도련님께도 실제 신상을 밝히지 않았을 겁니다."

"일단 만나 보면 알겠죠. 어디에 있습니까?"

"따라오시죠."

그러나 집사가 조슈아를 안내한 곳은 객실이 아니었다.

본가 안에서도 은밀한 대화를 주고받을 때나 이용되는 안실이었다.

"추적하시고 있던 일은 잘 마무리되셨습니까?"

"덕분에."

"그럼 당분간은 본가에서 머물며, 본가의 일을 도와주셨으면 합니다."

순간 조슈아는 잘못 들은 줄 알았다.

그건 곧 본가의 이사회에 들어오라는 소리였다.

조슈아는 항상 이런 날이 오기만을 고대해 왔다.

그런데 생각해 왔던 것보다 기쁘지 않은 까닭은 당연히 오딘이란 존재와 본가가 공격받고 있는 상황 때문이었다.

"상황은 어떻습니까?"

마치 조나단 투자 금융 그룹의 최대 주주가 베일에 가려져 있는 것처럼, 본가의 전력 또한 그랬다.

'어떤 세력인지 몰라도 큰돈을 잃겠지. 건드리지 말아야 할 걸 건드렸어.'

본가로 들어오는 동안, 마르크화는 꽤 안정을 찾은 상태였다.

그런데 집사의 대답은 달랐다.

"좋지 않습니다."

"수습되고 있는 게 아니었습니까?"

"일시적인 방어에 성공했을 뿐입니다. 곧 다시 시작될 겁니다."

집사는 조슈아에게 그간의 과정을 설명했다.

현재 마르크화를 공격하고 있는 세력은 조나단 투자 금

융 그룹 휘하의 유명 헤지 펀드인 LTCM이며, 본가에서는 각국의 명문 은행들에게 공격 대열에 합류하지 말라는 경고를 하는 중이라는 것까지.

'내 친구를 빙자하여 본가의 분위기를 살피러 들어온 건가? 한데 왜 나를.'

조슈아는 온몸이 간지러웠다.

당장 세계 금융의 최대 화두 중 하나인, 조나단 투자 금융 그룹의 최고 주주라는 사람의 얼굴을 두 눈으로 똑똑히 보고 싶었다.

"도련님의 친구분은 이 사태와 관계없다고 주장하고 계십니다. 휘하 헤지 펀드의 자유 투자라는 것이지요. 한데 본가의 입장은 다릅니다. 방어하는 만큼의 공격 자금이 꾸준히 유입되고 있습니다. 조나단 투자 금융 그룹의 조력 없이는 불가능한 일이지요."

"그거 심각하게 들리는군요."

"그렇습니다. 심각한 일이죠. 아직까지는 한 개 헤지 펀드만 내세우고 있지만, 언제 갑자기 그룹 전체가 전력을 다해 올지 모르는 일입니다."

"그걸 혓바닥으로만 막을 수는 없습니다."

엄청난 돈이 달린 문제다.

혓바닥 따위는 날카로운 지폐에 그냥 잘려 나가는 것이

이쪽 세계였다.

"조나단 투자 금융 그룹의 최대 주주가 도련님의 진짜 친구인지 아닌지는 중요하지 않습니다. 도련님의 친구를 자청하고 나왔다는 게 중요하지요."

"그렇죠."

"기회는 지금밖에 없습니다. 더 지나고 나면 전선이 확장될 테지요. 그때는 어느 양쪽도 되돌릴 수 없게 됩니다. 조나단 그룹에서 공격을 중단한다면 손실금은 본가에서 보상할 겁니다. 도련님. 그러니……."

"손실금을 보상한단 말입니까? 싸워 보기도 전에? 본가가 말입니까?"

조슈아도 그렇게 묻게 되리라고는 생각했던 적이 없었다.

집사는 고개를 끄덕였다.

상대는 조나단 투자 금융 그룹이다. 기존에 존재하는 글로벌 투자 그룹들과 차원이 다른 점은, 그들의 운영 자산뿐만 아니라 순 자산의 규모에도 있었다.

투자자의 자금과 연기금을 제외한, 두 사주의 자본만 삼천억 달러가 넘는다고 알려져 있다.

알려진 바가 거기까지니 실제 자산은 훨씬 클 것이다.

조나단까지 직접 움직이고 나서면 추종하는 세력들이 달

라붙는다.

그때는 본격적으로 조 달러 이상의 자본들이 충돌하고야
만다.

유럽 전역이 화폐 전쟁에 휘말리는 것이다!

"도련님. 이건…… 일어나지 말아야 하는 일입니다."

어쩐지 집사의 목소리가 떨렸다. 조슈아에게는 충격적인
일이었다.

"실버만과 AP 머건의 입장은요?"

"공격 대열에 합류하지 않겠다는 약조는 받았습니다만,
모르는 일이지요."

"그렇다면."

조슈아가 본가를 위해서 해야 할 일이 분명해졌다.

제 친구를 빙자하고 있는 자에게 되지도 않는 설득을 하
며 시간을 버리는 것보다, 가문 어르신들과 함께 당장 런던
으로 가는 게 맞았다.

아메리카에 조나단 그룹이 있다면 유럽에는 질리언 그룹
이 있다.

질리언 그룹을 방어 전선에 가담시킬 수 있다면!

"런던에……."

"런던에 계신 어르신들께서 질리언 투자 금융 그룹과 만
나고 있습니다."

'역시 그렇나?'

결국엔 원점으로 돌아왔다.

"친구분을 설득해 주십시오. 그리고…… 이건 개인적인 생각이니 듣고 잊어 주십시오. 도련님과 친구분의 대화에서, 카르얀 가문의 존폐가 결정될 것 같습니다."

집사의 말은 한 번도 틀린 적이 없었다. 그랬던 그가 본인의 절대적인 세계였던 본가의 존폐 문제를 논하고 있었다.

이럴 수가. 본가가 무너질 수도 있다니!

단 한 번도 생각해 본 적 없는, 생각해 볼 수도 없는 일이었다.

"알겠습니다."

조슈아는 비장해졌다.

"제 친구라는 사람은 어디에 있습니까?"

*   *   *

독일어로 진행되고 있던 집사와 녀석의 대화가 끝났다.

이쪽으로 향하는 발걸음 하나는 물론 녀석의 것이었다.

똑똑똑.

노크 소리가 먼저 났다. 그런 다음 문이 천천히 열리며 녀석이 들어왔다.

녀석이 나를 확인하고 말았을 때.

녀석은 석화 상태에 빠진 듯 문손잡이를 잡은 채로 굳어버렸다. 눈만 부릅떠지고 숨은 잠시 멎은 상태였다.

거기에 대고 뇌까렸다.

"할로 조슈아(Hallo Joshua)."

*　　　*　　　*

조슈아는 오딘과 마주한 순간, 이명(耳鳴)이 들렸다.

삐—

주전자 물이 끓을 때 나는 소음과 비슷했다. 갑자기 숨도 벅차올랐다. 조슈아는 숨을 크게 들이쉬며 오딘을 멍하니 바라보았다.

조나단 투자 금융 그룹의 최대 주주. 개인 자산으로는 세계 제일의 부호.

조슈아에게 더욱 충격적으로 다가온 건, 오딘이 재산을 쌓은 경위였다. 차라리 미 연방 은행을 털었다면 납득이 갔을 것이다.

그러나 오딘의 재산은 조나단 투자 금융 그룹의 가치를 토대로 계산된 것이었다.

게다가 항간에서는 조나단이 그동안 보여 줬던 기적적인 투자들이, 조나단 혼자 이룩한 게 아니라는 말들이 돌고 있었다. 그보다 더 많은 지분을 보유하고 있는 자의 조력 또한 컸을 거라는 거였다.

그게 오딘이었다.

'그게 오딘이었다고?'

그때 오딘이 차려입은 의복이 눈에 들어왔다.

슈트를 차려 입은 오딘은 던전 안의 오딘과는 판이한 모습이었다.

대체 무엇이 오딘의 진짜 모습인지 헷갈릴 정도였다. 슈트를 입은 모습에서도 위화감이 조금도 느껴지지 않기 때문이었다.

누구보다 성공한 엘리트의 모습이었고 입가에 품어진 미소에는 자신감이 굉장했다.

놀랍게도 얼굴만 비슷한 게 아닐까? 조수아는 그런 생각이 들었다.

동양인들은 구분하기 힘드니까.

하지만 그게 얼마나 멍청한 생각이었는지 곧바로 깨달았다.

'내가 졌다…… 오딘은 처음부터 내 머리 꼭대기 위에 있었던 거였어.'

조슈아는 실로 참담했다.

하지만 이대로 포기해 버리고 오딘에게 굴복해 버리면 자신이 그렸던 혁명까지도 무너져 버리는 것이었다.

'끝까지 맞서야 한다! 이제야. 이제야. 할 일들이 분명해졌는데!'

조슈아는 아랫입술을 질끈 깨물며 걸음을 뗐다.

"실수…… 하고 계신 겁니다."

*　　　*　　　*

"실수?"

"인정하지요. 당신이 세계 제일의 부호이며 세계 최대 투자 그룹의 실세라는 것. 한데 여기는 카르얀 가문입니다."

재력은 물론이고.

"당신의 그룹을 감찰할 수 있는 힘이 있지요. 지금도 늦지 않았습니다. 오딘, 공격을 중단하십시오. 가문의 어르신들께서 마음을 바꾸시기 전에."

"빌더버그 클럽을 말하고 싶은 거로군. 그럼 더 확실히 해야 하지 않겠나. 감찰할 수 있는 힘이 아니라, 감찰하도록 부탁할 자격을 갖췄다고."

'큭.'

조슈아의 얼굴이 부끄러움으로 붉어졌다.

던전 안에서 선후에게 했던 말들이 생각나서였다.

베를린 텔레콤의 파트너 지분, 빌더버그 클럽 등을 떠들어 댔었다.

그건 촛불이 태양 앞에서 자신의 불빛을 자랑하는 격이었다.

"그런데 조슈아. 너는 아직 카르얀 가문의 일원이 아니잖아. 가문을 네 것처럼 이야기하기에는 아직 일러."

"덕분에 이사석 한 자리를 차지할 수 있게 되었습니다. 감사합니다."

"그래? 축하할 일이군. 그럼 확인해 볼 수도 있겠지. 확인해 보고 와도 좋다. 네 가문에서 백악관에 어떤 요청을 했는지."

조슈아는 집사를 만나고 돌아왔다. 선후의 말은 사실이었다.

"빌더버그 클럽이 세계의 질서를 편성하는 세력인 것만은 분명하다. 네 가문도 그 일원이고. 하지만 어디까지나 기업, 은행, 정치가들이 각자의 이익을 위해 결성한 이익 집단인 것이지 혈맹이 아니야. 제 손해가 빤히 보이는 일 앞에서는 계산기부터 두드려 볼 수밖에 없는 거다. 여기는 던전이 아니거든."

조슈아는 조용히 경청했다. 반격할 수 있는 실마리를 찾기 위해서.

"그러니까 이 일은 네 가문에서 독자적으로 해결해야 하는 거다."

"그렇다면 더 신중히 생각하셔야 합니다, 오딘. 우리 가문과 오딘의 그룹이 전면으로 충돌하면 승자 없는 전쟁이 되고 말 겁니다."

"금융 전쟁은 그런 식으로 돌아가지 않아. 승자 독식이다. 러시아발 금융 전쟁에 대해서 들려주고 싶지만…… 널 찾는군. 다녀와."

잠시 후였다.

노크 소리가 났다.

조슈아는 놀란 눈으로 선후와 문을 번갈아 쳐다보다가 자리에서 일어났다.

집사는 조슈아를 안실로 데리고 갔다.

"친구분인 건 맞습니까?"

"작년에 벤쿠버에서 만났던 친구입니다. 설마하니, 그 친구가 저 친구일 줄이야. 세상 참."

"설득할 수 있겠습니까?"

"이제 십 분이나 지났습니까? 어르신들께는 좀 기다려

달라 하십시오."

"도련님. 어르신들의 입장에는 변함이 없습니다. 자존심은 내려놓으시고 인정에 호소해 주십시오. 이런 말씀을 드리게 돼서 죄송합니다."

"저는 이제 본가의 일원입니다. 그런 저에게 자존심을 내려놓으라는 건, 단순히 제 개인만의 문제가 아닙니다."

"도련님……"

집사의 눈빛이 선명해졌다. 그의 입에서 흘러나온 어투는 명백한 경고였다.

"제 말씀을 이해 못 하셨군요. 어르신들의 지시입니다."

"말이 되는 소릴 하십시오. 그러실 분들이 아니십니다. 제게 숨기고 있는 게 있다면 지금 말씀해 주십시오. 상황이 어떻게 되어 가고 있는 겁니까? 저는…… 납득할 수가 없습니다. 왜 본가가 이렇게 비굴하게 처신해야 하는 겁니까. 우리, 카르얀입니다."

"뉴욕과 런던의 조짐이 심상치 않아졌습니다."

그 잠깐 사이에.

"뉴욕이라면 조나단 헌터겠는데, 런던은……"

"질리언 투자 금융 그룹의 자금으로 추정되는 것들까지 움직이기 시작했습니다."

"왜 그들이? 뉴욕은 그렇다 쳐도 런던은 우리를 배신하면 안 되는 겁니다."

런던. 그러니까 더 시티는 유럽 경제의 중심지다.

질리언 그룹이 독자적으로 활동하는 투자 그룹이라 할지라도 널리 보면 다 같은 경제 권역에 속해 있는 것이다.

그 이전에 질리언은 영국인, 다 같은 유럽 경제인이 아니던가.

"런던의 어르신들은 대체 뭘 하고 계신 겁니까."

조슈아는 처음으로 언성을 높였다. 그것도 지체 높은 가문의 어르신들을 질책하는 말들로.

하지만 집사는 그런 조슈아를 꾸짖지 않았다.

집사의 심정 역시 조슈아와 조금도 다르지 않기 때문이었다.

그때였다.

집사에게 급한 연락이 들어왔다. 집사의 표정은 점점 심각해졌다.

그가 핸드폰을 끊으며 말했다.

"텔레스타 인베스트먼트와 골드 앤 실버 인베스트먼트도 합류했습니다. 이건 시작입니다. 도련님."

텔레스타 인베스트먼트라면 제시카 페리였다.

뉴욕 월가의 일개 전화 서기에서 일천억 달러가 넘는 자본을 움직이며, 일약 여성 성공 시대의 상징이 된 여성.

한때 질리언의 보조였기도 한 그녀의 성공담은 유명했다.

집사의 핸드폰이 다시 울리기 시작했다.

수많은 이름들이 거론된다.

작게는 몇천만, 크게는 몇십억 달러씩 움직이는 헤지 펀드의 이름들.

조나단 그룹과 질리언 그룹 휘하의 헤지 펀드 외에도 꽤나 다양했다.

'온갖 자본들이 가문의 압력에서 이탈하고 있어!'

아이러니하게도 그러한 자본들의 주인을 파악할 수 있는 것이야말로, 카르얀 가문의 진정한 힘 중에 하나였고 그래서 사태의 위급성을 절실히 파악할 수밖에 없었다.

조슈아의 동공이 흔들렸다.

"도련님!"

"……늦어 버린 겁니까?"

"저들이 공격 자금을 언제 늘려 버릴지는 두 사람에게 달렸습니다. 그때가 되면 늦어 버렸다고 말할 수 있겠죠."

조나단과 질리언이다.

그룹의 압력에도 굴하지 않고 공격 대열에 합류하기 시작한 자본들은, 단지 시장의 흐름을 타고 있을 뿐이다. 두 사람만 저지하면 언제 그랬냐는 듯 시장의 흐름은 뒤바뀌고 말 것이다.

'왜 질리언까지!'

조슈아는 속으로 소리쳤다.

"아직은 전면전이 아니라는 거지요?"

"언제든 그렇게 될 수 있습니다. 이러고 계실 때가 아닙니다."

"질리언 투자 금융 그룹은 어떻게 막으실 겁니까?"

"루카스 도련님이 런던에 계십니다."

"이 시국에 그 망나니 녀석의 이름이 또 왜 나옵니까. 됐습니다. 저는 제 친구를 어떻게든 설득해 보겠습니다. 그쪽부터 해결 보지요."

*　　　*　　　*

애초에 본가가 몰락하고 나면, 계획하고 있던 바들 또한 물거품이 되는 것은 물론이고 누려 왔던 것들을 다 잃게 되는 것이다.

그러나 막상 오딘의 앞에 서니 결심이 흔들렸다.

여기서 무릎을 꿇으면 다시는 돌이킬 수 없을 것 같았다.

'오딘의 휘하로 영속되겠지.'

조슈아는 눈을 질끈 감았다가 떴다.

하지만.

'처음부터 그렇게 될 운명이었을지도…….'

결국 조슈아는 선후 앞에서 무릎을 꿇었다. 그가 선후를 올려다보며 말했다.

"제가 졌습니다. 당신의 사람이 되겠습니다. 그러니 이만 멈춰 주십시오."

진심이면서 진심이 아니었다. 가문을 위한 희생이었다.

가문이 존재하지 않으면 자신 또한 거죽만 남게 되는 일이니까.

"가문 때문에?"

"이유는 중요하지 않습니다. 당신의 사람이 되겠다는 겁니다. 거기에는 변함이 없고, 진심입니다! 오딘."

"이제는 조나단 투자 금융 그룹만의 문제가 아닐 텐데."

'아! 질리언 그룹과도 얘기가 끝나 있었던 건가! 대체 어디까지…….'

조슈아는 선후의 표정을 읽을 수 없었다.

"같이 방어 대열에 서 주십시오. 질리언 그룹은 큰돈만 잃게 될 뿐입니다."

"이사가 되었다지?"

"예."

"하지만 이사 중에서도 말단이겠군. 나와 같이 가자."

"어디를 말입니까."

"너를 차기 가주 자리에 앉혀 주지."

"그건 아무리 당신이라도……."

"가주가 진정 가문을 위하는 사람이라면, 그렇게 해야만 할 거야."

"기다려 주세요. 오딘. 이야기 아직 안 끝났습니다. 질리 언 그룹은!"

조슈아는 먼저 나가 버리는 선후를 뒤쫓았다.

선후는 처음에 집사를 만났고, 그 다음에는 가주와의 면담을 강력하게 요청했다.

하는 수 없이 집사는 늙은 가주에게 선후를 데리고 갈 수밖에 없었다.

선후가 늙은 가주에게 귓속말을 하기 시작했다. 조슈아는 그렇게 감정이 급변하는 가주의 얼굴은 난생처음이었다.

집사도 그렇지만, 가주 역시 험난했던 현대사를 관통하며 지금에 이른 위인이었다.

선후가 일방적으로 말했고 늙은 가주는 듣고만 있었다.

그리고 마지막 순간이었다.

화악!

선후의 몸에서 보스 방을 휩쓸었던 것과 똑같은 칼날의

기운이 솟구쳐 나왔다.

쉐아아악—

그것은 넓은 방 안을 순간에 휩쓸었다.

가히 대단한 속도여서 수십 개로 보였다. 칼날 기운이 방 안 집기들을 산산조각 내는 광경은 흡사 칼날을 품은 토네이도가 몰아치는 것 같았다.

철로 된 것이든, 나무로 된 것이든, 수십 개로 갈가리 찢겨 우수수 떨어졌다.

너무도 빠르고 또 파괴적이라 조슈아가 끼어들 틈이 없었다.

게다가 선후의 전신을 타고 생성된 뇌력들까지 가세했다. 번개가 몰아치고 칼날 폭풍이 휩쓰는 그곳은, 신화(神話) 속에서나 다뤄질 법한 공간으로 변했다.

그래서 조슈아는 단지 외칠 뿐이었다.

"제발 가주 어르신을 살려 주십시오. 할 만큼 하지 않으셨습니까! 원하신다면 영혼까지도 바치겠습니다. 제 것을 가져가십시오! 가주 어르신을, 본가를! 그만 내버려 두십시오."

조슈아는 울부짖었다.

그런데.

언제 본인의 목이 잘려 나가고, 언제 본인이 타 버릴지 모르는 초자연적인 광경을 목격하는 가주의 시선은 조슈아의 예상과 완전히 달랐다.

경악하던 가주의 얼굴에 희미한 미소가 피어나기 시작한 것이다.

한바탕의 소동이 거짓말처럼 멎었다. 가주가 조슈아에게 손짓했다.

선후도 턱짓해 보였다.

조슈아는 바닥을 기다시피 했다. 그러고는 가주의 몸부터 살폈다. 그렇게나 무시무시했던 칼날 중 단 한 개도 가주를 훑고 지나간 게 없었다.

"조슈아."

"예. 어르신."

"우리 가문이 네 대에서 진정한 날개를 펴겠구나. 잘 모시며 우리 가문의 숙원을 풀어 보거라."

"어르신?"

"본가는…… 콜록! 네게 방해가 될 것들을 치워 주고 물러나 주마."

그러면서 가주가 선후를 바라보았다. 선후는 고개를 끄덕였다.

"손자 녀석을 잘 이끌어 주시게. 부족한 녀석은 아닐 게야."

"그래서 조슈아를 선택한 겁니다."

선후가 대답했다.

조슈아는 정신이 하나도 없었다.

그때 선후가 핸드폰을 들었다. 네 번의 짧은 통화가 있었다.

조나단 투자 금융 그룹, 질리언 투자 금융 그룹, 텔레스타 인베스트먼트, 골드 앤 실버 인베스트먼트.

선후는 공격을 중단하라는 일방적인 통보만 했다. 조슈아는 그러한 선후를 바라보는 가주와, 선후를 번갈아 쳐다보았다.

말도 안 되는 일이었다.

본가를 공격하는 데 선봉에 섰던 거대 자본 모두가 실은 한 명의 지시를 따르고 있던 게 아닌가!

물론 오딘이 진짜 모든 자본의 주인일 리는 없다.

하지만 그것을 규합해서 움직일 수 있는 힘! 판도를 좌지우지할 수 있는 그 힘이야말로…….

본가에서도 그토록 손에서 넣고 싶어 했던 힘인 동시에, 수백 년을 걸쳐서도 이룰 수 없었던 야망이었다. 한데 눈앞의 남자는?

남자는 이미 그의 제국을 완성시켰다.

'오딘은…… 진짜 오딘이었어…….'

조슈아의 얼굴이 창백해졌다.

선후가 조슈아에게 손을 내밀었다.

그때야말로 조슈아의 세계는 완전히 무너지고 말았다.

조슈아는 선후가 내민 손을 바라보았다.

시야 속 모든 배경이 사라지고 선후의 손밖에 보이지 않았다.

너무나 거대한 손이었다.

조슈아는 어딘가에서 들려오기 시작한 소리에 귀를 기울였다.

"세계의 질서가 다시 짜여질 거다. 내 질서 안으로 들어와라. 조슈아."

그러니 어찌 따르지 않을 수 있겠는가. 그 누가 저 명령을 거부할 수 있겠는가.

자신의 대에 이르러서 본가는 일개 귀족에서 왕가로 승격될 것이다.

"예. 마스터(Master)."

Chapter 6.

공항까지 배웅하겠다는 조슈아를 말렸다.

녀석에게는 더 중요한 일들이 산더미처럼 쌓여 있었다.

레볼루치온을 정비하는 것 외에도.

가주와 함께 가문 안의 라이벌들을 숙청하는 작업이 남아 있다.

그렇게 카르얀 가문에는 한바탕 피바람이 예정되었다.

중세처럼 목을 치거나 독배를 선사하진 않겠지만 지금 시절의 룰대로 인사이동이 시작될 것이고, 조슈아의 직계를 중심으로 이사회가 개편되는 것이다.

＊　　　＊　　　＊

〈 남 좋은 일만 시켜 준 건 아닌지, 신경 쓰이는군. 이 세계에 완전한 동맹은 없잖아. 〉

〈 이쪽 일은 내게 맡겨 두고 신경 꺼. 이러니저러니 해도 손해 본 게 없으니까. 〉

〈 그건 우리들만 그렇고. 후! 〉

확 들어온 숨소리에, 조나단이 인상을 쓰고 있는 모습이 생생했다.

〈 아래층들에서 불만이 폭주한다. 브라이언 이 새끼가 제일 난리야. 오냐오냐해 주니까 고삐 풀린 망아지처럼 구는데, 이 새끼가 진짜…… 인내심 시험하네? 〉

〈 그만한 녀석 다시 구하기 힘들다. 뺏기지 마라. 〉

〈 녀석이 벌이고 있는 일이 몇 갠데, 소송 생각하면 알아서 걸러야지. 〉

그룹 직원들의 입장에서는 도전적인 프로젝트였으며, 승리할 가능성 또한 적지 않았다.

LTCM과 이번 일을 담당하고 있던 몇 개 데스크들은 공격 대열에 합류한 자금(맨 섬과 런던 그리고 추종 세력들)이 늘어난 순간.

본인들 손으로 새 역사를 쓰고 있다는 흥분에 휩싸였을 것이다.

모르긴 몰라도 열광의 도가니였을 터.

거기서 발을 빼라는 지시가 내려오기 전까지는 말이다.

〈 계산은? 〉

〈 4억 달러 손실. 그것도 우리 대단하신 브라이언 님께서 잘 대처해 주셨기 때문이었지. 〉

〈 손실금은 역외 뒷구멍으로 들어갈 거다. 완전히 깨끗하게 세척된 걸로. 〉

〈 뉴욕과 맨 섬의 손실금을 합치면 규모가 꽤 되겠어? 〉

〈 당연히. 〉

〈 지금까지 중에선 제일 듣기 좋은 소리군. 일단은 LTCM과 손실 본 데스크들에 손실금 이상의 운용 자금을 추가시켜 주긴 할 텐데. 그럼 또 다른 녀석들이 들고 일어서겠지. 하하하. 하하하. 〉

〈 직원들 관리 잘해야지. 〉

월가에서 가장 발이 빠른 건 헤드헌터들이다.

그들은 보통 이직할 사람이 받는 1년 연봉의 3할 정도를 소개비로 챙긴다.

그래서 눈에 불을 켜고 도둑고양이처럼 온갖 그룹들을 기웃거린다.

먹잇감을 찾으면 은행 및 투자 회사 그리고 헤지 펀드들의 조직도가 담긴 폴더를 펼치고는, 먹잇감을 유인한다.

그걸 최대한 방어하는 것이 조나단의 역할 중에 하나다.

〈 젠장. 다음에 다시 얘기하자. 브라이언 이 새끼 또 올라온단다. 너무 키워 줬어. 〉

조나단이 급히 전화를 끊었다.

＊　　　＊　　　＊

뉴욕이 아니라 서울로 들어온 이유는 런던에 있는 동안 북미에 탄저균 테러 문제가 또 터져 버렸기 때문이었다.

위조 여권을 가지고 뉴욕 공항 심사대를 통과하는 건 아무래도 꺼림칙했다.

그동안 쉼 없이 달려왔다.

서울에 들어온 김에 부모님도 뵙고 집에서 쉬고 싶었다.

일종의 휴가인 셈이다.

때는 01년 10월 말.

나노 소프트에서 완벽한 운영 체제라 칭송받는 도어 XP를 출시한 일로 용산 일대가 북적거렸다. 컴퓨터 업계의 도매업자들이 몰고 온 승합차들이 한쪽 도로를 점거하고 있었다.

그 뒤쪽은 아파트 재건축 현장이었다.

그런데 공사 안내판 속으로 반가운 이름이 보였다.

「공사명: 우형 2차 아파트 재건축현장

공사 규모: 지하 2층 / 지상 15-21층

연면적: 240,990 ㎡

공사 예정 기간: 2001년 10월 4일 - 2004년 2월 28일

시공사: 주식회사 일주 건설 」

일주 건설.

최 사장의 사업이었다.

그간 병동들을 건설하며 누적시킨 수익과 완공 경력으로 한 단계 도약하는 데 성공한 모양이다.

〈 최 사장님. 〉

〈 아…… 선생님! 선생님이십니까? 〉

〈 죄송합니다. 해외 출장 차 오랫동안 연락을 드리지 못했습니다. 우연히 공사 현장을 발견하고 연락드리는 겁니다. 우형 2차 아파트 재건축 현장 말입니다. 축하드립니다. 제가 다 기쁘네요. 〉

〈 현장에 계시다고요? 어디…… 안 보입니다. 〉

〈 여기가 후문 쪽인 것 같군요. 샤를리아 건너편 도로입니다. 〉

〈 기다려 주십시오. 〉

최 사장이 현장복 차림으로 뛰어오는 게 보였다. 우리는 근처 카페로 자리를 옮겼다.

IMF를 극복하고 바야흐로 아파트를 시공할 수준으로 성장한 일주 건설이었어도, 지분의 51%는 내 유령 회사 중 하나에 속해 있었다.

그것 때문에라도 그에게 처리해 줘야 할 일이 있었다.

가뜩이나 사업이 잘나가고 있는 상황에서는 더욱이.

"전일 그룹에서는 우리 사업을 모르더군요."

"당황스러우셨겠네요. 제가 충분한 설명을 드린 것 같은데, 회장님 직속 부서라고."

"그러셨죠. 그런데 하늘 같은 전일 회장님을 제 신분으로 뵐 수야 있었겠습니까. 정말 선생님 찾아서 사방팔방 헤매고 다녔습니다."

"선생님, 선생님 하지 마시고, 과장이라고 불러 주십시오. 부담스럽습니다."

"……정 그러시다면 말씀하신 대로 과장님으로 호칭 정리하겠습니다."

"그러세요."

"과장님 은혜, 제가 죽을 때까지 잊지 않겠다고 한 거 기억하십니까."

"그럼요."

"시공사 물건으로 잡힌 것 중에 가장 큰 평수 로얄 층, 전망 좋은 걸로다 두 개 빼놓았습니다. 야매로 복층 뚫을 예정이고요. 이걸로 무슨 보은이 되겠냐마는 성의라 생각하고 받아 주셨으면 합니다. 첫 삽은 이번 달 초에 펐고 3년이면 끝장 봅니다."

최 사장의 목소리에는 힘이 넘쳤다.

"필요한 서류만 준비해 주시면 제가 등기 찍어서 드리겠습니다. 전매하시든, 완공 때까지 보유하시든. 마음대로 하십시오. 과장님."

"회장님 귀에 들어가면 저 모가지 날아갑니다."

"아이고. 아랫것 놀음이 어떻게 하늘 같은 전일 회장님 께 닿겠습니까."

"……주신다면 감사하게 받겠습니다만."

"그렇게 하는 깁니다."

최 사장은 밝게 웃었다. 한결 짐을 덜어 놓은 듯 환한 미 소였다.

"이제 본론으로 들어가 보죠."

"본론 같은 거 없습니다. 첫 삽 떴을 때 선생님…… 과장 님부터 생각났습니다. 그래 지금이다! 했죠."

"그보다도 장부는 깨끗하게 관리하고 계신 거죠?"

"최대한 그러려고 하고 있긴 한데, 그게 마음대로 되지 않습니다. 건설판 돌아가는 게 콤퓨타처럼 척척 돌아가지 않잖습니까. 오해하지 말고 들어 주십시오. 과장님께서 연 결해 주신 외국계 회사 있다 아입니까."

최 사장의 입에서 사투리와 서울말이 아무렇게나 섞여 나오기 시작했다.

"고 회사가 참말로 조용한 게 소름 끼치는지라. 나름대 로 알아봐도 바다 너머 회사라 한계가 있고, 계속 깜깜무소 식이기만 하니 이를 우찌 받아들여야 할지 모르겠습니다. 고 회사에 대해 아는 것이라곤 배당금 넣을 계좌가 전부 아 입니까."

"깨끗하게 운영하면 별일 있겠습니까."

"콤퓨타요. 콤퓨타처럼 되는 게 아니라 안 캅니까. 외국인들은 우리나라 장부를 이해 못 할 겁니다. 증말 언제 닥칠지 모르는 외국인들 생각하믄 자다가도 발딱발딱 눈부터 떠집디다."

나는 고개를 끄덕였다.

"지금까지 배당 친 게 있습니까?"

"거래하는 회계사가 해도 된다 카더라고요. 안 되는 거였습니까?"

최 사장의 안색이 순간 불안해졌다.

"아닙니다. 이사회 결의로만 가능합니다만, 추후 문제의 소지가 있죠. 그래서 얼마나 치셨습니까?"

"제게 들어온 것만 치면 큰 걸로 20장 정도 됩니다. 나중에 작은 빌딩이라도 올리려고 따 놓은 땅까지 하믄 40장 정도까지 됩니다."

"많이 버셨네요."

"그게 다 과장님 덕분입니다. 그런데 어떤 문제가⋯⋯."

"감사 전원의 동의가 있어야 하는데 외국인들이 감사직 맡고 있지 않습니까."

최 사장에게서 헉 소리가 났다.

"이거 큰일 나는 거 아닙니까?"

"조용한 걸 보면 별 탈 없이 지나갈 것 같긴 합니다."

"으…… 회계 쪽은 회계사가 전담하고 있어서 저는 잘 모릅니다. 배워 보려고 하는데 뭐 그리 복잡한지. 일주 건설이 외국인과 제 것이지만 또 우리 게 아니라고도 하고. 회사가 번 돈이 제 돈이지만 또 제 돈이 아니라는 어려운 말들만 합니다."

최 사장은 말을 빠르게 내뱉었다. 그는 불안한 듯 코를 긁어 댔다.

"지금부터라도 공부하셔야겠습니다. 사장님. 사업이 작을 때야 상관없습니다. 하지만 지금처럼 경리와 회계사에게 다 맡겨 버리다 보면 뒤통수 크게 맞을 날이 올 겁니다. 조심하세요."

"예. 예. 그렇게 하겠습니다. 그라믄 고 외국인들하고 지금도 알고 지내십니까?"

고개를 끄덕였다.

"하믄 입 한 번 맞추게 해 주시면 안 되겠습니까? 이거 참 계속 사투리가 나오네요."

"편하실 대로 말씀하세요. 표준어가 별겁니까. 내 속 편한 게 표준어지. 그리고 무슨 생각이신지는 알겠습니다. 일주 건설 지분을 사들이고 싶으신 거죠?"

"하모요. 이러다 제 명부터 조지겠습니다. 사업은 승승

장구인데, 허연 외국인 저승사자들이 언제 들이닥쳐서 내쳐 버릴지…… 모리긴 해도 가능한 이야기 아닙니까? 회계사도 그걸 얘기한다 안 캅니까. 빨리 정리해야 한다꼬."

"사장님. 그게 외국계 기업의 무서운 점입니다. 그들이 왜 조용하겠습니까. 왜 생돈을 '일주 공사'에게 퍼부어 일주 건설로 만들어 주겠습니까. 자선 사업 하는 게 아닙니다. 그리고 어떤 외국 기업이 당시의 일주 공사에게 투자했겠습니까."

"과장님 은혜는 죽을 때까지 갚겠습니다. 우리 일주 건설 말입니다. 무슨 말이라도 섞어 봐야 콩을 쑤든 메주를 쑤든 할 낀데……."

"주주 총회. 단독 의결권까지 1.1% 이상의 지분이 부족하지요?"

"예."

"1.1% 값으로 그들이 얼마를 부르겠습니까. 사장님 사업이 잘될수록 천정부지로 뛰는 게, 그 1% 조금 넘는 지분입니다."

"당시에는 물불 가릴 게 없었는데…… 사업이 커지다 보니 그 1.1% 때문에 뭘 할 수가 있어야지요. 아니믄 입이라도 맞출 수 있게 연락이 되든가. 참말로. 답답합니다."

내 재산 전체를 사막이라고 놓고 봤을 때.

일주 건설의 51% 지분은 일개 모래알밖에 되지 않는다.

증발해도 티가 나지 않는 수준.

그러나 그것이 최 사장에게 무턱대고 던져 버려도 된다는 의미는 아니다.

그럴 경우에는 정당한 대가가 교환되어져야만 하는 것이다.

일주 건설은 이제 막 커 나가는 회사다.

재건축 붐, 신도시 개발.

최 사장의 사업은 놀라운 속도로 번창하게 될 것이다.

그렇다면 의결권이 넘어가는 1.1%의 지분 값은 얼마인가.

나머지 총 지분의 값은?

이것만큼은 확실하게 말해 줄 수 있다. 최 사장이 배당으로 모은 40억으로는 어림도 없다.

똑같은 제안을 최 사장에게 해도 그는 미쳤냐는 소리부터 할 것이다.

"그럼요. 사장님."

"예."

"장담은 못 하겠지만요."

"예."

"하시는 사업에 문제없도록, 위임장 가져와 보겠습니다.

그들도 잘나가는 사업 막고 싶진 않겠죠. 경영에는 관심을 보이지 않으니, 아마 될 겁니다. 그거면 되겠습니까?"

"아…… 하모요! 그거라도 감지덕지 아이겠습니까. 그라고 저도 동참하고 싶습니다. 우리 일주 건설 51%나 가지고 있는 인사들 얼굴, 한 번도 못 봤다 안 캅니까."

"그건 추천드리지 않습니다. 사장님 참석하시게 되면 테이블에서 나올 말이야 뻔하지 않습니까?"

"어떤……."

"이참에 장부 좀 보고 계산 제대로 하자고 하겠죠."

최 사장의 얼굴에 곤란한 빛이 스치고 지나갔다.

"대신 그들과 연결할 수 있는 이메일 주소 하나 알려 드리겠습니다. 웬만하면 지금 상태를 유지하는 게 좋겠지만 말입니다."

종이와 펜을 가져와 이메일 주소를 썼다.

최 사장은 그것이 담긴 종이를 당첨 복권처럼 지갑 안, 가족사진 뒤에 조심히 집어넣었다.

그때 본 가족사진.

최 사장의 번창한 사업이나 묵직해진 주머니 사정보다도.

그의 화목한 가족 분위기가 참 마음에 들었다.

＊　　＊　　＊

　하루 전.

　이번에도 에단이 보내온 긴급 시안대로였다.

　독일의 마르크화를 공격하는 세력이 나타났다.

　이는 마르크화가 유로화(EUR)로 흡수되기 전에 감행된 기습 작전이었고, 독일 중앙은행의 금고를 노린 공격 행위였다.

　질리언은 과감한 그 작전에 혀를 내둘렀다. 독일 당국을 직접 겨냥해 버리다니.

　그런데 공격 세력은 단 한 시간 만에 마르크화를 2.25% 폭락시키는 기염을 토했다.

　외환 시장이 크게 출렁였다. 기류가 바뀌었다고 생각했다.

　처음 시작하는 투자 전략을 쓸 때에는 적은 돈부터 시작하는 게 기본이다.

　선발대를 보내 시장의 흐름을 파악하고, 됐다 싶을 때부터 본격적으로 자금 규모를 늘려 나가는 것이다. 질리언도 그렇게 뛰어들었다.

　같은 경제권에 속하는 독일 당국을 공격하는 것이 양심에 찔리긴 했지만, 뻔히 벌어들일 수 있는 돈을 벌지 못하는 것이야말로 책무를 저버린 머저리가 할 짓이었다.

돈 앞엔 인종도 국가도 구분이 없다. 특히나 냉철한 승부의 세계에서는 이기고 지는, 단순한 논리만 적용될 뿐이지.

'그게 승부의 세계야!'

시장의 흐름이 넘어왔다고 생각했는데, 공격 진영에 따라붙는 규모가 크지 않았다.

97년 아시아에선 모두가 득달같이 달려들었었다. 비록 조나단에게 패하긴 했지만, 당시는 전 세계의 투기 세력들이 한뜻으로 뭉쳤었다.

그게 시장의 흐름이란 것이다. 돈이 보이는 곳에 몰려들기 마련.

하물며 조나단 투자 금융 그룹 휘하의 LTCM이 그들의 사이트에 마르크화 폭락을 점치는 리포트를 올린 직후에 벌어진 일이었기에, 공격 선두에 LTCM이 있다는 건 모두가 알 수 있는 일이었다.

그런데도 합류해 오는 자본들이 예상보다 적었다.

승부를 장담할 수 없었다. 어쩐지 조나단 투자 금융 그룹의 공격도 미지근했다.

그때 질리언은 한 통의 연락을 받았다.

〈 질리언. 나예요, 제시카. 질리언도 문을 두드리고 있는

건가요? 〉

〈 그래. 방금 전에 오천만 불짜리 계약 던진 게? 〉

〈 맞아요. 우리 쪽 주문이에요. 그런데 질리언. 그룹 리딩 없이 LTCM의 독자적인 행동이라면, 우리 발 빼야 하지 않을까요? 따라붙는 게 너무 적어요. 〉

〈 뚫릴 듯 말 듯 하는군. 〉

〈 두 가지예요. 하나는 조나단이 배후에 있다는 가정하에 그의 그룹이 전력을 쏟는 시점에 들어가는 것, 이때는 먹을 게 적겠죠. 그리고 다른 하나는 질리언과 제가 선봉장이 되는 거예요. 조나단을 아웃시켜 버리죠. 〉

〈 그 이름으로 날 자극하려 해도 소용없어. 정 하고 싶으면 네가 먼저 들어가. 〉

〈 소심하긴. 규모 차이가 있는데 질리언이 선봉장 하셔야죠. 시작은 조나단이 했지만 괜찮아요. 우리 둘이…… 〉

〈 소용없다니까. 〉

〈 러시아 때가 그립네요. 〉

〈 이만 끊지. 〉

〈 잠깐만요. 왜 말하지 않으세요? 〉

〈 뭘. 〉

〈 분위기 이상한 거, 모를 리가 없어요. 제게 가르쳐 주지 않은 게 남았어요. 질리언, 공격 진영에 합류해야 할 자

본들이 씨가 말랐어요. 이런 경우는 대체 뭐죠? 뭐가 움직이고 있는 거예요? 〉

질리언은 눈살을 구기며 칸막이 창 너머로 시선을 돌렸다.

카르얀 가문에서 나온 자들이 VIP실을 차지하고 있었다.

그쪽은 딴 세상이었다.

독일 중앙은행 부 은행장과 더 시티 금융 경제 연합회장을 비롯한 유럽 경제의 권력자들이 그룹 이사들과 열띤 대화 중에 있었다.

그룹 이사들은 난색을 짓고 있고, 카르얀 가문의 사람들은 당당하게 요구하고 있었다.

방어 대열에 합류하라고.

'저것들이 승부의 세계를 우습게 만들고 있어.'

질리언은 짜증이 확 치솟았다. 그렇다고 저자들이 손실을 보상해 줄 리도 없었다.

〈 어? 어? 따라붙는 게 있네요. 추가 주문 넣었어요? 〉
〈 그럴 리가. 〉
〈 그럼 조나단일까요? 지금도 점점 늘고 있는데요? 조나단이든 아니든, 지금이에요, 질리언. 몰아붙이죠. 쩨쩨하게

굴지 말고요. 〉

〈 그때는 전면전이야. 치고 빠질 수 있는 단계를 넘어 버리는 거지. 감당할 수 있나? 〉

〈 감당은 방어 측에서 해야겠죠. 우리가 힘을 합치면. 〉

질리언은 창밖의 카르얀 가문 사람들을 다시 쳐다보았다.

당당한 저 얼굴들을 손가락 하나로 뭉개 줄 수도 있었다.

과연 가문의 존폐 위기 속에서도, 저 얼굴들을 유지할 수 있을까?

그래도 질리언이 끝까지 망설일 수밖에 없었던 건, 승패를 장담할 수 없기 때문이었다. 저들의 눈에서 피눈물이 나게 만들어 줄 수 있지만, 자신의 눈에서도 피눈물이 날 수 있는 거다.

손가락질 한 번에.

질리언은 고민을 마쳤다.

〈 제시카. 〉

〈 오. 비장한 목소리 좋아요. 〉

〈 날 배신하면……. 〉

〈 배신을 다른 말로 하면 '전략적 청산'이라고 하셨죠.

보스였던 질리언은. 〉

〈 긴 싸움이 될 거야. 독일 중앙은행이 무너지든, 우리가
무너지든. 〉

〈 시장의 흐름이 바뀌고 있어요. 우리 쪽이 더 우세하죠.
이런 기회를 놓치면 쪽팔려서 못 살아요. 각오는 됐어요.
오더만 내려 주시죠. 보스. 〉

〈 농담하지 마. 누가 보스야. 〉

〈 ……. 〉

〈 그룹 자본이 날아가는 순간, 우리 커리어도 다 끝장나
는 거다. 지금까지 쌓아 왔던 명성, 직위. 한순간이다. 이번
전쟁으로. 〉

〈 그럼 들어가는 거죠? 〉

〈 들어간다. 〉

그때였다.
사무실 전화가 울렸다.

〈 모든 포지션 청산하고, 전면 중단하세요. 〉

에단의 목소리였다.

＊　　　＊　　　＊

처음에는 화가 머리끝까지 치솟았으나, 진정되고 보니 오히려 다행이라는 생각이 들었다.

처음 전략대로 가는 게 맞았다.

마르크화를 공격한 세력들이 주도하는 흐름에 편승할 생각이었지, 그 흐름을 본인의 그룹이 직접 주도할 계획은 없었다.

그럼에도 전쟁을 결심했던 것은 본인의 사무실로 들어와서 압력을 행사하는 카르얀 가문 사람들 때문에 욱했던 것이 컸다.

질리언은 그랬던 자신이 너무나 부끄러웠다. 견딜 수가 없을 만큼.

'왜 그랬지…… 내 멘탈이 이 정도밖에 되지 않았나.'

질리언은 술을 찾지 않았다.

대신 6개 모니터에 온갖 차트를 띄워 놓고 뚫어져라 쳐다보았다.

철수 지시가 떨어지기 직전에, 시장이 크게 출렁였었다.

조나단 그룹에서 공격 규모를 더 키웠든지, 카르얀 가문의 압력에서 이탈한 자금들이 합세한 흔적이었다.

문제는 장 초반이다. 카르얀 가문의 압력이 분명하게 드러나 있었다.

그것은 자본 사회에 있어서는 안 될 일이다. 고작 한 개 가문에 정당한 금융 질서가 뭉개져 버리다니.

질리언이라고 금융계에 존재하는 흑막(黑幕)들에 대해서 왜 모를까.

당장 메신저에만 접속해도, 흔히 말하는 흑막 가문들의 성을 가진 사람들이 그와 친구라는 이름으로 목록화되어 있었다. 카르얀 가문의 사람들도 마찬가지다.

하지만 처음이었다.

흑막들이 지닌 진짜 힘을 목격한 것은…….

그들에게는 금융 질서를 역행하는 힘이 있었다. 그들은 진짜였다.

"젠장."

에단의 중단 지시가 떨어지지 않았다면 어떻게 됐을까? 아니, 디렉팅 부서에서는 이번 전쟁을 어렵게 봤던 것일까?

조나단 그룹으로 추정되는 자금들 또한 손실만 봐 버리고 갑자기 빠진 걸 보면 신빙성이 있었다.

'우리 모두는 카르얀 가문에 굴복한 것인가.'

그때부터 질리언은 바빠졌다.

자유로이 움직일 수 있는 그룹 자본을 계산했다.

투자자가 운용사에 돈을 맡겼다는 것은, 그 돈에 대한 운용 권리를 포기했다는 것이다. 어떻게 운용할지는 전적으로 운용사의 몫이고 투자자는 수익을 배당받을 권리만 있을 뿐.

그래서 꾸준히 유입된 수천억 달러의 오일 머니 또한 그룹의 힘이었다.

금융 세계는 냉혹하다.

장 초반, 카르얀 가문의 압력에 굴한 흔적이 다분하지만, 후반을 보라.

압력에서 이탈한 자금들이 바로 따라붙지 않았던가.

'전력을 다하면 부숴 놓을 수 있었다. 시장의 흐름을 완전히 우리 쪽으로 가져올 수 있었을 거다. 대체 디렉팅 부서에서는 왜 그런 결정을…… 나를 믿지 못했던 건가. 너무 급작스러워서?'

그러던 문득 질리언의 입 밖으로 피식하는 웃음이 나왔다.

생각해 보면 그룹의 실주인들 또한 흑막(黑幕)이라고 불릴 수 있는 자들이었다.

그러니까 갑자기 공격 중단 지시가 떨어졌던 데에는 흑막들 사이에 있었을 모종의 거래가 이유일 수도 있다.

"흑막. 흑막. 흑막!"

질리언이 분통을 터트렸다.

그 순간 깨달았다.

왜 평소 자신답지 않게, 순간 욱해서 전쟁을 감행했었는지 말이다.

인정하고 싶지 않지만 열등감이었다.

세계 최대 자산 운용사를 목전에 두고 있었어도, 그동안 그는 시티에서 어떤 소외감들을 느껴 왔었다.

말 한마디로 금융 시장에 큰 영향을 줄 수 있는 위치에 올라섰으나.

사라지지 않는 불쾌한 소외감이 끈질겼다.

천외천(天外天).

하늘 위의 하늘.

그래, 그거였다.

거기에서 내려다보는 시선들이 엄연히 존재한다는 것을 알고 있었기에, 소외감을 느껴 왔던 것이다.

질리언은 양손에 얼굴을 파묻었다.

오랫동안 그러던 그가 갑자기 핸드폰을 꺼내 들었다. 제시카가 절실했다.

마음이 통했던 것일까.

버튼을 누르기 전에 핸드폰이 먼저 울렸다.

〈 제시카? 〉

〈 질리언 테일러 씨. 〉

무겁게 깔린 목소리.

〈 누구십니까? 〉

〈 허락도 없이 연락을 드려서 죄송합니다. 곧 서신 하나가 질리언 테일러 씨께 도착할 겁니다. 이 점 알려 드리려 연락드렸습니다. 〉

〈 장난을 받아 주기엔 상황이 여의치 않아서 말입니다. 경고하건대, 신분부터 밝히셔야 할 겁니다. 밝히지 않아도 알아낼 방법이 있다는 거 염두하고, 신중히 답하세요. 〉

〈 저는 알도라고 불립니다. 그리고 저는 그냥 심부름꾼이지요. 〉

〈 무례하군요. 서신은 반송시킬 겁니다. 당신 고용주에게 전하세요. 중요한 문제거든 정상적인 과정 밟고 사무실로 찾아오라고. 〉

흔히 있는 일이었다.

억만장자들은 어떻게든 질리언과 친분을 쌓길 바라고, 다른 억만장자들의 돈보다 제 돈을 신경 써 주길 원했다.

서신이라고 하지만, 0이 수없이 찍힌 수표가 들어 있을 것이다.

〈 서신을 꼭 받아 주십시오. 그리고 질리언 테일러 씨. 미리 축하 인사를 드리겠습니다. 〉

〈 이봐요! 내 경고를 무시했다간……. 〉

전화가 뚝 끊겼다.

질리언은 마음을 바꿔 먹었다.

어떤 무례한 자가 보내는 서신인지 확인하고 싶어졌다.

이윽고 질리언의 저택으로 한 남자가 찾아왔다.

질리언은 저택 일을 봐 주는 사람들이나 경호원들 대신, 본인이 직접 남자를 맞이했다.

질리언이 남자가 내민 서류 봉투를 낚아채며 말했다.

"당신들 고용주는 날짜를 잘못 잡은 겁니다. 방법도."

남자는 대답하지 않았다. 그는 살짝 고개만 숙인 후 타고 왔던 차량에 탑승했다.

미끄러지듯 빠져나가는 차량을 쳐다보았다. 뒤에 붙은 차량 번호판이 보였다.

그것은 영국 정부의 번호판이었다. 질리언은 서류 봉투를 찢었다.

초대장 한 장이 툭 떨어졌다.

　「 일시: 2002년 5월 30일.
　장소: 웨스트필즈 메리어트 호텔,
　미국 버지니아. 」

거기까지는 흔하디흔한 초대장이었다.
그러나.

　「 주최: 빌더버그 클럽 」

그들을 부르는 이름은 다양하다.
세계를 움직이는 보이지 않는 손, 그림자 속 세계 정부,
흑막 중에 흑막 등.
질리언은 멍해진 눈으로 초대장을 하염없이 바라보았다.
그러던 그의 입가에 미소가 번지기 시작했다.
그도 어둠의 장막 너머에서 세계를 움직이는 사람 중 한
명으로 선택된 것이었다.
'드디어…….'
질리언은 초대장을 들고 고민에 빠졌다. 클럽에는 당연
히 들어간다.

다만, 그룹의 주인들에게 이 사실을 들려줘야 하는지를 두고 고민하던 그가 마침내 핸드폰을 꺼내 들었다.

〈 에단. 알려 드릴 일이 있습니다. 〉

*   *   *

질리언이 빌더버그 클럽에 초청을 받았다?

〈 급작스러웠습니다. 우리 그룹의 주인들이 관여한 일입니까? 〉

〈 글쎄요. 그건 저도 알 수가 없습니다. 부럽고 축하드릴 일이군요. 질리언은 진즉 빌더버그 클럽의 구성원이 되실 분이었습니다. 오히려 늦은 감이 있지요. 〉

〈 에단은 빌더버그 클럽에 대해 어디까지 알고 계십니까? 〉

〈 저도 풍문으로 들어 본 게 전부지요. 어쨌든 질리언과 그룹에도 많은 도움이 될 클럽인 것만은 의심할 여지가 없지 않습니까. 다시 한번 축하드립니다. 〉

〈 감사합니다. 에단. 다시 연락드리겠습니다. 〉

그의 목소리에서 제 감정을 억누르고 있다는 걸 느낄 수 있었다.

질리언만큼 명석한 사람도 없다.

세계 질서를 편성하는 자들이 자신을 왜 그들의 무리 속으로 끌어들이고 있는지, 누구보다 질리언 그 자신이 가장 잘 알 것이다.

그들이 초대하는 사람은 질리언 테일러 개인이 아니다.

곧 1조 달러에 육박하는 자본을 지휘하게 되는 총사령관, 질리언 투자 금융 그룹의 대표 이사를 초대하고 있는 것이다.

더불어 질리언 그룹의 실주인들에 대해 궁금하기도 할 것이고.

조나단에게 연락했다.

〈 통화 가능해? 〉

〈 잠깐만. 됐어. 말해 봐. 무슨 일이야? 〉

〈 질리언이 빌더버그 클럽에 초대를 받았다. 〉

핸드폰 너머가 조용해졌다. 잠시 후 조나단이 이를 갈았다.

〈 이 자식들…… 이렇게 나오네. 우리를 완전히 따돌리
겠다 이거지? 〉

질리언 그룹의 운용 자산이 조나단 그룹을 앞지르기까지
얼마 남지 않았지만, 대표의 파워에 있어서만큼은 조나단
이 압도적이다.

순 자산, 발언력, 커리어 등. 누가 보더라도 그 초대장은
질리언이 아니라 조나단에게 가야 할 일이었다.

아니, 정정한다.

둘 모두에게 가야 할 일이 맞았다.

그럼에도 조나단 투자 금융 그룹이 배척된 건 바로 나 때
문이었다. 아시아인을 그네들의 질서 안으로 받아들일 수
없는 거다.

〈 정확히 말하면 우리가 아니지. 접근한 사람 없어? 〉
〈 코빼기도 없지. 썬. 피부색만 눈에 들어오는 자식들이
라면, 우리부터가 거절이다. 개자식들…… 누구 손해인지
는 곧 깨닫게 되겠지. 〉

조나단은 화가 나, 되는 대로 아무 말이나 뱉어 대는 게
아니었다.

우리는 그런 위치였다.

런던과 맨 섬 그리고 서울에 퍼트려 놓은 자본들을 제외
한, 뉴욕의 조나단 그룹 자본과 북미 시장들의 장악력만 놓
고 봐도.

빌더버그 클럽은 조나단 그룹의 협조가 필요할 수밖에
없다.

〈 그거 때문에 연락했다. 알고 있으라고. 〉

〈 아직도 질리언은 아무것도 모르지? 〉

〈 그렇지. 어쨌든 질리언까지 빌더버그 클럽에 들어가면
서, 클럽의 두 자리는 우리 사람들이다. 〉

〈 말 잘 꺼냈어. 난 카르얀 가문 사람들을 믿지 않아. 베
를린 장벽이 무너진 이후에 그것들이 한 짓들, 굉장하더군.
내가 찾아볼 수 있는 선이 거기까지였으니 실제론 더 어마
어마했겠지. 가까이 두지 않았으면 좋겠다. 진심으로 하는
소리야. 네가 걱정돼서 그래. 썬. 〉

〈 무슨 걱정. 〉

〈 실종자들이 많아. 실종 사건 뒤에 이득을 보는 건 언제
나 카르얀 가문이었고. 수십 년 전 사건들이지만…… 본성
이 변할 리는 없지. 그것들의 추악한 DNA를 말하고 있는
거야. 〉

〈 그사이 많이도 알아봤군. 〉

당시에 조나단은 카르얀 가문의 가주실에 없었다. 그 때문이었다.

〈 그러니까 경호원 좀 붙여. 꼭 카르얀 가문이 아니더라도. 지금도 알게 모르게 네 이야기가 퍼져 나가고 있을 거다. 〉

〈 알았다. 얘기는 끝났어. 〉

〈 잠깐 얘기가 샜는데, 빌더버그 클럽? 그것들은 신경 쓰지 말자. 끼리끼리 입 맞추라고 해. 썬, 모든 게 네 장기 시안대로 착착 진행되고 있어. 그것들이 개입하고 싶어도 한계가 있지. 그보다 월가에 돌고 있는 말들이 있다. 썬. 〉

〈 말해 봐. 〉

〈 아프가니스탄 다음에 이라크, 이란 그리고…… 북한 차례가 될 거라는군. 〉

조나단의 목소리에서 나를 걱정하는 마음이 묻어 나왔다.

미국이 북한을 공격하면, 자연히 한반도 전체는 전화에 휩싸이게 되니까.

조나단은 내가 우리나라를 끔찍이 생각하고 있는 걸 진
즉 눈치챘다. 그럴 수밖에 없는 이유는 차마 모르겠지만 말
이다.

〈 방금 네 입으로 말했어. 장기 시안대로 진행 중이라고.
전쟁은 이라크에서 끝나게 될 거다. 거기에 초점 맞추고 기
존 전략 유지해. 〉

〈 백악관 주인은 네 생각보다 더한 전쟁광일지도 몰라.
거기 DNA도 유별난 거 알잖아. 계산을 다시 해 봐야 하지
않을까 한다. 네 나라야, 썬. 〉

〈 고맙다. 하지만 북한에는 석유가 없지. 〉

그건 단지 한 개의 예일 뿐이지만 미국이 북한을 쳐서 얻
을 이익은 거의 없다시피 하다.

되려 감당하기 힘든 손실만이 점쳐질 뿐인 것은, 예나 지
금이나 그리고 앞으로도 변함이 없다. 그들은 현재의 상태
를 유지하길 바랄 것이다.

하지만 만일······.

역사가 틀어지려는 낌새가 보이면, 당연히 개입해야 되
는 문제다.

"저예요, 어머니. 아들 왔어요."
렌즈에 대고 빙그레 웃었다.

〈 아들! 〉

바로 잠금장치가 풀린 현관문을 열고 들어가자, 어머니
께서 거실 모퉁이를 돌아 나오시는 모습이 보였다. 앞치마
를 입으신 어머니는 오늘도 아름다우시다.

"우리 아들 멋지다!"
어머니는 슈트 입은 내 모습을 처음 보셨다.
어머니의 두 눈에서 빛들이 쏟아져 나오는 것 같았다.
인사를 드리고 거실 바닥에, 면세점에서 사 온 선물들을
내려놓았다.

"사 오지 말라니까. 외국에서 힘들게 번 돈, 여기에 다
쓰겠다. 우리 아들, 고생하는 거 뻔히 아는데. 다음부턴 사
오지 마. 알았지?"

"예. 아버지는요?"
"병원에 가셨어."
"예?"

"놀라긴. 친구 병원에 가신 거야. 오늘 많이 늦으신다니까 우리 먼저 먹자."

미국으로 떠나던 날에도, 검정고시를 치르기 위해 들렀던 날에도. 그리고 지금도.

어머니와 단둘이 먹기에는 너무나 많은 양의 음식들이 준비되어 있었다.

부엌은 온기로 가득했다. 쓰레기통을 꽉 채우다 못해, 바깥까지 쌓인 스티로폼과 비닐봉지들은 식재료를 담았던 것들이었다.

하루 종일 부엌에서 음식 준비만 하셨을 어머니의 모습이 생생했다.

다음부터는 외식하자는 말이 목 끝에서 걸렸다. 그걸 지금 말하기에는 어머니의 표정이 참 행복해 보였다.

"맛있게 먹고, 내일은 제가 근사한 곳으로 모실게요."

"근사한 곳?"

"추천받아 둔 곳이 있어요. 재벌 사모들만 암암리에 아는 곳이래요."

"그런 곳이 다 있대?"

"아버지도 아실 만한 곳인데, 한 번도 안 모시고 갔어요?"

"네 아버지 바쁘잖아."

"그럼 우리 둘이서만이라도 같이 가 봐요. 아버지 이름으로 예약하면 될 거예요."

"그보다 비싸지 않니."

"제가 드리고 간 통장, 또 그대로죠?"

어머니는 빙그레 웃었다.

어린 아들이 주식 투자로만 1억이 넘는 수익을 올렸던 일을 생각하고 계신 듯했다. 그래서 툴툴거리며 하시는 말씀도 어쩐지 즐거운 느낌이 다분했다.

"네 아버지가 거기에 손만 대면 이혼이란다."

"좀 쓰시지. 아버지께는 제가 말씀드릴게요."

"웃기지도 않아. 잘해 주니까 아주 기가 살았다니까. 아들이 외국에서 고생하다 오랜만에 들어왔는데, 오늘도 술 퍼마시기만 해 봐라."

"어머니."

"응?"

"우리 이사 갈까요? 아버지 월급도 높고, 저도 나쁘지 않게 벌어요."

"나한테 말고 네 아버지한테 말해라. 그 인간 정말."

"왜 그러세요."

"고생하는 거 다 아는데 하루도 술을 안 마시는 날이 없어. 영업직도 아니고, 대접받는 자리에 있다면 거를 수 있는 거잖아. 안 그러니 아들? 아들도 이제 사회생활하니까 알잖아. 미국은 다르려나."

"그렇게 자주 드세요?"

"요즘엔 아주 달고 산다."

"얼마나 되셨는데요?"

어머니는 식탁 옆에 놓인 탁상용 달력을 가리키셨다. 무슨 설명이 없었어도 각 날짜마다 표시된 게 무슨 뜻인지 알 것 같았다.

표시되지 않는 쪽을 찾는 게 빨랐다. 한 주에 최소 다섯 번.

그것도 3주가 넘고 있었다.

아버지께서 약주를 즐기시긴 하지만 이 정도까지는 아니었다.

그렇게 술독에 빠져 사신 건 지금은 없어진 과거에나 있었던 일이다.

당신께서 정말 괴로우셨던 나날들.

IMF 시기 정리 해고를 당하신 이후의 날들 말이다.

어머니와의 대화는 아버지와 관련된 이야기들로 자연스럽게 집중됐다.

부부 사이에 무슨 문제가 있는 건 아니었다. 그렇다고 아버지는 바람이 나실 위인도 아니었다. 전적으로 그 부분은 믿고 가는 거다.

단 한 번도 여자 문제로 어머니를 속상하게 만드셨던 적이 없었으니까.

그날 밤.

어머니의 언성이 높아졌다. 아버지의 등짝을 치시는 소리가 몇 번 울리다가 사그라들었다.

"한번 병원에 실려 가 봐야 깨닫지. 평생 건강할 것 같지? 내가 못 산다. 못 살어."

아버지는 현관에 대자로 쓰러져 계셨다. 어쩐지 몇 년 전 그날이 겹쳐지는 광경이었다. 코를 찌르는 술 냄새가 확 퍼졌다.

"봤지? 아들이 돌아온 날까지 이런다."

말없이 아버지를 부축했다. 어머니가 놀라서 말씀하셨다.

"우리 아들 힘센 거 봐라. 안 무겁니? 네 아버지 10kg이 넘게 쪘어."

"거실로 모실까요?"

정말 혹시나 싶어서 살펴봤지만, 립스틱 자국 같은 건 없었다.

어머니는 아버지 주머니를 뒤지고 계셨다.

지갑과 핸드폰이 나오자 그나마 조금은 풀어진 듯한 표

정으로 말씀하셨다.

"거실에 눕히자."

아버지를 거실에 눕히고, 우리는 함께 아버지의 옷가지들을 정리했다.

"그만 주무세요. 저도 좀 더 지켜보다가 들어갈게요."

"내일 뭐 해 줄까?"

"따뜻한 국물 있는 걸로요."

어머니는 아버지를 쳐다보며 고개를 끄덕였다.

거실에는 나와 아버지만 남았다.

술을 얼마나 많이 드셨는지, 몰아쉬는 숨소리가 거칠었다.

회사 일로 스트레스를 많이 받으시는 건가. 아버지는 구 외환은행이었다가 전일로 사명이 바뀐 3대 은행의 임원이시다.

스트레스가 가중될 수밖에 없는 위치긴 하셨다. 그러나 거기서 또 보람과 활력을 찾으시는 분이시기에, 은퇴는 조금도 생각지 않으실 거다.

그래도……

기회를 봐서 두 분의 의중을 물어봐야겠다고 생각하던 때였다.

아버지께서 물을 찾으셨다.

물 잔을 쥐고 아버지의 상체를 받쳤다.

그때.

아버지의 입에서 뭉개진 발음이 흘러나왔다.

"미안하다…… 친구야……."

Chapter 7.

　향후 스마트폰 운영 체제 시장을 양분하는 기업은 구골과 베리(berry)다.

　구골은 리눅스를 기반으로 갈라테이아(Galatea)를, 에이폰을 내놓으며 혁신의 아이콘으로 급부상하는 베리는 자체적으로 개발한 AOS로 시장을 재편해 나간다.

　하지만 그건 아직은 일어나지 않은 미래의 일이다.

　특히 베리의 AOS라면 나라도 뚫기 힘들었을 것이다.

　"대후 전자……."

　본시 망했어야 할 대후 그룹은 모바일 사업까지 진출했다.

아버지 핸드폰은 대후 전자의 것이었다.

모바일 운영 체제는 현 시절을 장악하고 있는 핀란드의 유명 기업 운영 체제의 라이센스를 따와 만든 것.

그러니 잠금장치를 푸는 것 정도는 어렵지 않았다.

띠링.

짧은 알림음과 함께 핸드폰의 메인 화면이 떴다.

"죄송합니다, 아버지. 이번만 들여다보겠습니다."

아버지와 친구분 사이에 무슨 일이 있었던 걸까.

3대 은행의 임원인 아버지의 핸드폰에는 사회 고위급 인사들의 연락처가 빼곡했다.

동명이인도 상당했던지라, 이름 옆에 상대방의 직위를 함께 등록시켜 놓으셨다.

일이 발생한 첫 주에 통화 기록이 쏠려 있었다.

전일 그룹의 사람들과 한국인 이사에게도 많은 전화를 거셨다.

그러나 시간이 지날수록 그들에게 전화를 거는 일이 줄어들었다.

통화 기록은 점점 한 국회의원과 아버지의 친구분으로 추정되는 이름으로 채워졌다.

「 김석준(국회의원) 」

「 선규일 」

주고받은 메시지는 많지만, 선규일 씨가 아버지께 부탁하는 바는 하나였다.

김석준 의원을 전일 그룹의 박충식 이사에게 소개시켜 달라는 것.

거기까지 파악한 나는 비로소 마음이 놓였다.

아버지를 괴롭히는 무슨 안 좋은 일이 터졌나 하고, 줄곧 등골이 쭈뼛 서 있었다.

하지만 고작 청탁이었다.

그래도 아버지께서 친구분의 부탁을 들어주기 위해 동분 서주하셨던 걸 생각해 보면, 아버지께는 그럴 만큼 인연 깊은 친구분이었던 것 같다.

선규일…… 선규일…….

그러고 보니 낯설지 않은 이름이었다. 그분이 의사인 것은 처음 알게 됐지만, 아버지의 대학 동기라는 게 떠올랐다.

죽마고우처럼 여기는 네 분 중 한 명. 그분의 이름이란 게 분명해졌다.

내 어릴 적 사진 속에서도 찾을 수 있는 분이다.

노파심에 두근거렸던 가슴은 차분히 가라앉기 시작했다.

"다행이다……."

*　　*　　*

아침 식탁.

"제가 한번 주선해 볼까요?"

아버지와 어머니가 동시에 나를 쳐다보셨다.

"그게 무슨 말이냐?"

"어제 기억 안 나세요? 절 친구분으로 착각하고 계속 말씀하셨습니다."

"그러게 작작 좀 마셔야지. 아들 돌아온 첫날부터 그게 무슨 추태야."

어머니가 바로 끼어들었다. 그러면서 어머니는 설명을 요구하는 눈빛으로 아버지를 째려보셨다.

"규일이 알지? 그 친구가 부탁한 게 있는데……."

아버지께서 어머니의 눈치를 살피시다, 내게로 시선을 돌렸다.

"주선해 볼까요, 라니?"

"아버지 선에서 안 되신다면 제 회사를 통해 볼까 하고요. 아시잖아요. 조나단 투자 금융 그룹."

"이놈 보게. 너하고 나. 끗발 따지면 내가 더 세, 인마. 흐흐하핫"

아버지는 정말 재미있으시다는 듯이 웃음을 멈추질 못했다.

"그리고 인마. 그게 가당키나 하냐. 말단 주제에 못된 것부터 배웠구만."

말로만 그러신다.

"아들이 기억할지 모르겠다. 예전에 아버지 회사에 들렀을 때, 네게 용돈 주신 분 기억하냐?"

"우리나라에도 그룹 자금이 들어와 있어요. 제가 포트폴리오 매니저로 참여하고 있고요. 박충식 이사님, 알죠."

부모님께선 당신들의 어린 아들이 세계 최고의 투자 그룹에서 속해 있다는 게 실감 나신 것 같았다.

아버지께 향하던 어머니의 매서운 눈빛이 사르르 풀어졌다.

"그럼 그분이 우리나라에서 어떤 위치인지도 잘 알겠구나."

"재통령(財統領)이라 불린다는 것도 압니다."

국회의원이라 할지라도, 지방 의원 정도는 만날 수조차 없다.

그래서 심지어 아버지께도 청탁이 들어온 것이다.

"그럼 다 알 텐데 이쯤 하고. 네 회사 생활이나 들어 보자. 나이도 어리고, 동양인이고. 알게 모르게 차별이 있을 거 아니냐."

이미 백악관과 빌더버그 클럽에서 그렇게 나오고 있습니다, 라고 말할 수는 없는 일이다.

대신 과거에 월가인으로 살았을 때의 이야기를 풀어 나갔다. 특히 미국인 백인 남자가 받는 특혜.

그러나 마지막은 브라이언 김으로 통하는 김청수의 이야기로 끝맺음했다.

그는 한국 금융계에서 신화적인 존재가 되었으니까.

아버지께서도 김청수를 잘 알고 계셨을 뿐만 아니라, 그와 직접 통화해 보신 적도 있으시다며 즐거워하셨다.

밥그릇이 다 비워질 때 즈음.

이야기를 처음으로 돌렸다.

"우리 그룹의 고객 중에 '골드 위시'가 있어요. 저도 그들과 친분을 제법 쌓았고요."

그때 아버지의 숟가락이 멈췄다.

"골드 위시가 뭐니?"

어머니께서 흐뭇한 미소로 물었다.

"전일은 외국계 자금으로 만들어진 그룹이에요. 골드 위시, 세이람, 튜러스, 이치, 투르쓰. 그렇게 다섯 곳이 최대 주주로 있죠."

나는 어머니를 위해 조금 더 쉽게 풀었다.

"전일 그룹의 다섯 주인 중 하나가 골드 위시라는 기업
이란 거예요."

"당신은 조용히 있어 봐."

아버지께서 말씀하셨다.

"골드 위시를 만났어?"

"예."

"그들은…… 만날 수 없는 자들일 텐데. 어떻게? 실체가
있디?"

나는 어깨를 으쓱했다. 상상은 아버지께 맡기는 거다.

"아버지. 제가 주선해 볼게요. 골드 위시 매니저가 제게
빚진 게 하나 있어요. 이번 부탁은 오히려 그 입장에서는
대환영이겠죠."

아버지의 미간에 골이 깊어졌다.

"친구분께 연락드리세요. 조만간 될 것 같다고. 그리고
어려운 일이 있으면 제게도 말씀해 주세요. 해 볼 수 있는
데까진 도와 드릴게요."

"음……."

"저, 아버지 아들입니다."

*　　*　　*

「의원님. 곧 좋은 소식이 있을 것 같습니다.」

김석준은 선 교수의 문자를 받은 이후부터, 오로지 핸드
폰만 쳐다보고 있었다.

'왔다!'

〈 안녕하십니까. 의원님. 초면에 갑자기 연락드린 게 아
닌지요. 〉

상대는 신분을 밝히지 않았다.

그러나 그 목소리였다.

먼발치에서만 들을 수 있었던 재통령의 목소리!

김석준은 핸드폰을 귀에 밀착시켰다.

〈 인사 올리겠습니다. 이사님. 부안군 김석준이라 합니
다. 〉

상대가 눈앞에 없어도, 그의 허리가 자연히 숙여졌다.

〈 알지요. 김 의원. 오늘 일정이 어떻게 됩니까? 오늘 올라올 수 있으시겠어요? 〉

〈 불러만 주신다면 부리나케 달려가겠습니다. 〉

〈 어디 봅시다. 부안에서 올라오려면 시간이……. 〉

〈 두 시간 안에 도착하겠습니다. 〉

〈 그럼 점심이나 함께합시다. 일단은 우리 사무실에서 만나기로 하고. 〉

재통령이 평소 낙지를 즐겨 먹는다는 것이야, 기본 상식이다.

김석준과 수행 비서는 오전부터 준비한 뻘에서 갓 잡은 산 낙지를 차에 실었다. 수행 비서가 낙지가 든 상자 외에도, 사과 박스 하나를 더 실으려고 하자 김석준이 혀를 찼다.

"압니다. 하지만 의원님. 그래도 준비는 해 둬야 하지 않겠습니까?"

"그럼 섣불리 옮겨 싣지는 말고. 분위기 먼저 잘 봐야 한다."

"예. 재통령 기사하고 말 한번 잘해 보겠습니다. 의원님께서는 의정 활동에 전념하셔야죠."

수행 비서가 김석준에게 청심환을 건넸다.

그렇지 않아도 김석준은 벌써부터 심장이 콩닥콩닥했다.

청와대보다 들어가기 힘든 곳이 재통령의 사무실 아니던가.

김석준은 뒷자리에, 수행 비서는 조수석에 탔다. 둘이 탄 차량은 고속 도로 카메라를 무시하고 미친 듯이 달렸다.

"의원님. 죄송합니다."

"아니야. 자네가 나선다고 될 이였으면 진즉 끝났게."

"그런데 어떻게 성사시키신 겁니까?"

"선 교수 알지? 그 친구가 전일 은행 임원을 하나 알고 있어. 전일 그룹 정통 라인 중에 하나라더군. 진골(眞骨)인 게지. 그런데 이름이 전일이야. 재밌지 않나?"

"사람 인생, 이름 따라간다는 말이 틀리지 않은가 봅니다."

"어쨌든 이번에도 나가리 되면, 자네나 나나 옷 벗어야 돼."

"통과만 시키신다면 재선은 확정이십니다. 해내실 수 있습니다. 의원님."

"브리핑할 시간을 주셨으면 좋겠군."

수행 비서도 그게 걱정이었다. 간신히 재통령과의 면담이 성사되었는데, 밥만 먹고 끝나서는 아무런 의미가 없었다.

이윽고 둘을 실은 차량이 전일 그룹 본사로 진입했다.

수행 비서의 시선에 높은 빌딩이 가득 찼다.

아는 사람만 안다.

한국 경제 이면(裏面)에 존재하는 전일 그룹.

바로 저 빌딩 안에서 한국 경제가 통째로 움직이고 있다.

정경유착이라는 것도 전일 그룹 앞에서는 말할 수 없는 단어였다.

대중들에게 전일 그룹은 단순히 대후 그룹의 모태로 알려져 있으나.

20대 재벌 그룹이 모두 전일 그룹의 손아귀에 있었다.

그러니 정계부터가 알아서 전일 그룹 밑에서 기고 있을 수밖에.

수행 비서는 긴장했다.

그때 김석준도 수행 비서가 건넸었던 청심환을 먹고 있었다.

둘은 같이 차에서 내렸다. 수행 비서는 1층 VIP룸에 남겨지고, 김석준만 직원의 안내를 받아 엘리베이터를 탔다.

'청심환 이거 짜가 아냐?'

김석준으로서는 정치 생명이 걸린 마지막 기회였다.

그가 이사실 문 앞에 섰다. 안에서 도란도란 이야기 소리가 들렸다.

영어로 진행되는 대화였다. 김석준이 당혹스런 눈길로 그룹 직원을 쳐다보자, 그룹 직원이 그를 대신하여 이사실 문을 노크했다.

똑똑.

이사실 안이 조용해졌다. 들어오라는 재통령의 목소리가 들렸다.

김석준은 문을 열고 들어가며 고개부터 숙였다. 그런 다음 고개를 드는 순간, 그는 헛숨을 들이켤 수밖에 없었다.

재통령과 나란히 앉아 있는 여자가 있었다. 그러나 김석준에게는 그 여자의 미모가 조금도 눈에 들어오지 않았다.

그 여자의 이름만 머릿속에서 둥둥 떠다녔다.

'제이미…… 제이미……'

전일 그룹 회장.

'전일 회장님께서 여기에 왜?'

김석준은 확신하고야 말았다.

수행 비서가 줬던 청심환은 짜가가 틀림없었다.

그리고 하나 더.

'과연 진골의 끗발은 엄청나구나.'

*　　　*　　　*

제이미에게서 연락이 왔다.

일전 같았다면 우리나라 정부의 도청을 우려해 회선상으로는 하지 못할 이야기였다.

그러나 그동안 그 문제를 해결 봤는지, 거리낌 없이 이야기를 시작하고 있었다.

지난 신문을 뒤적여 보거나 곧 있을 연말 결산에서 자연히 알게 될 일이지만, 아마도 제이미는 OK 텔레콤의 경영권을 행사하기 시작한 것 같다.

〈 새만금 간척 사업 때문이었어요. 〉

반가운 이름이었다.

그 땅 위와 상공에는 게이트가 열린 적이 없었기에, 내 계획 안에 들어가 있는 땅이었다.

〈 공사 재개를 청탁하러 온 거였죠. 이 나라 정부 사업에 관심 있으신가요? 〉

〈 제이미가 보기엔 어떻습니까. 〉

〈 수익성 측면만 보자면 글쎄요. 농지로 활용하는 것보단 지금 그대로 갯벌로 두는 것이 더 낫겠죠. 김 의원 말도 그거였어요. 그런 입장으로만 접근해서 공사가 중단되기 일쑤였으니, 지금부터라도 복합 산업 단지로 전면 수정해서 다시 계산한다면 충분히 타당성 있는 사업이라는. 〉

〈 제이미. 〉

〈 예. 〉

〈 그룹 차원에서 전폭적으로 지원해 주십시오. 재개는 물론이고 조속히 완공될 수 있도록 말입니다. 〉

역시나 제이미의 대답은 바로 나오지 않았다.

그녀가 볼 때에는 새만금 간척 사업은 실패한 사업이었다.

손실밖에 보이지 않는 곳에 손을 대라는 건, 의구심을 가질 만한 일이다.

나는 차분하게 말을 이어 나갔다.

〈 그렇지 않아도 이 나라의 넓은 용지가 필요했습니다. 깨끗하게 다듬어져서 계획에 차질이 없을 곳은, 거기밖에 보이지 않는군요. 〉

〈 어떤 계획을 말씀하시는 거죠? 〉

우리 가족의 친족은 물론이고.

부모님께서 사랑하시는 사람들 모두를 포용할 수 있는.

그런 방공호가 필요하다. 더불어 세계 각성자 협회의 본
진도 함께.

〈 이 나라에 세계 최대 규모의 리조트를 지을 겁니다. 〉

*　　　*　　　*

「 새만금 관광 레저 용지 개발 추진. 」
「 김석준 "새만금 리조트 도입하면 매년 10조 원
이상 세수 효과." 」
「 대후 그룹(母그룹, 전일). 새만금 관광 레저 단지
에 5조 원대 MOU 체결. 」
「 새만금 특별법 국회 법사위 상정. 」

뜨거운 감자였던 새만금 간척 사업이 제대로 달궈지고
있었다.

하루는 제이미가 청사진을 들고 왔다.

초기 계획보다 규모가 몇 배로 확장된 그것은 준도시 급
이었다.

"역시군요."

전일 그룹에서 중장기 그룹 핵심 사업으로 낙점한 이상,

우리나라 정부에서는 이 기회를 놓칠 리가 없었다.

아직 방조제도 제대로 완공되지 않은 상태에서 만들어진 청사진은 장밋빛으로 가득했다.

계획은 언제나 그럴싸하다.

정부는 리조트를 중심으로 활성화될 경제 권역에, '명품 복합 도시'라는 이름표까지 붙여 두었다.

청사진만 놓고 보자면 서해의 넓은 갯벌은 이미 베니스나 암스테르담 같은 수변 레저 도시로 바뀌어져 있는 것이다.

아주 끝내주는.

"예. 투자를 더 바라고 있어요."

"일단 접어 두고 우리 이야기부터 해 보죠."

나는 제이미가 준비해 온 파일을 집어 들었다.

IMF 이후 꾸준히 구조조정을 감행해 왔던 대후 그룹은, 대외에 퍼져 있는 법인들을 건설과 자동차 사업만 남겨 둔 채 정리를 끝마친 상태였다.

그러나 채무 규모를 줄일 수 있었다 해도 여전히 남은 것이 상당한지라, 대후 그룹의 수익은 계속 빚을 갚아 나가는 데 쓰여 왔었다.

그렇게 지금은 위험 단계를 벗어났다. 안정 단계에 진입하고 있는 실정.

제이미의 표정이 내내 불안한 이유는 바로 거기에 있었다.

"대후 그룹의 경영진들은 비관적이에요. 리조트 사업을 추진해야 한다면, 강원랜드에 편승해서 안정적으로 가자는 거죠."

강원도 정선에 묻혀 있는 A급 던전.

또 그 상공에 열려 버리는 A급 게이트는?

거기는 쑥대밭이 된다.

"대후 그룹을 꼭 안고 가야겠습니까?"

제이미는 차분하게 대답했다.

"이 사업. 갈수록 규모가 커지겠죠?"

물론.

"에단. 대후 그룹의 모바일 사업은 아직 요원하고, 자동차 사업은 시아 대현에게 밀리고 있어요. 그나마 건설 부분에서 대현과 박빙을 겨루고 있는 상황에서……."

"대후 그룹이 도약하기 위해선 건설 부분에서 약진해야하며, 새만금 리조트 사업이 절호의 기회다?"

"대후 그룹 경영진은 제가 설득할 수 있어요. 그러니 그들을 배제시키라는 말씀은 조금만 미뤄 주셨으면 합니다."

"기다려 보죠. 그럼 이 나라 정부하고는 어디까지 얘기됐습니까?"

"세계 최대의 리조트 사업을 이 나라. 그것도 새만금에서 시작하겠다니, 긴가민가하고 있죠. 그래서 구체적으로 나온 이야기는 특별법에 관한 것까지고요. 이후 정부 지원 규모나 협력 사업에 관한 사안들은 한창 논의 중이에요."

"한 가지만 확실히 짚고 넘어간다면, 고용주들께서 계획을 철회하시는 일은 없을 겁니다."

매직펜을 집어 들었다. 청사진에서 리조트 부지에 굵은 선을 둘렀다.

이건 뭐죠?

제이미가 그런 눈으로 나를 쳐다보았다.

"부지 전체에 강력한 방호벽을 칠 겁니다. 명분은 무엇이든 좋습니다. 심플하게 외부와 분리, 지상 낙원의 이미지를 심어 주기 위해서라고 해 두죠. 그리고 지하에는 핵 폭격에도 견딜 수 있는 방공호가, 리조트급 설비로 들어갈 겁니다."

"방공호라 하심은?"

제이미는 순간 머리를 스치는 생각이 있는 것 같았다.

"북한…… 때문인가요?"

"이 나라가 전시(戰時) 상황인 거 알 겁니다. 우리 고용주들께선 그 점을 주시하고 계시죠. 비상시국에 우리 그룹의 자산과 사람들을 안전하게 보호할 수 있는 곳이 필요하다 보시는 겁니다."

"그렇군요……."

"대답이 됐습니까? 고용주들께선 이 나라에서 그룹을 철수시킬 계획이 없습니다. 이 부분 정부에 납득시키고 OK 사인 떨어지거든, 사업 제대로 시작해 보세요. 전력으로."

그리고 며칠 뒤.

나라 전체를 요동치게 만드는 소식들이 이른 아침부터 빗발치기 시작했다.

「전일 그룹, 새만금 관광 레저 단지에 2008년까지 30조 원 투자 결정. 추가 투자 논의도 한창.」

「새만금에 세계 최대 규모의 관광 리조트 들어선다!」

「새만금 명품 복합 도시에 국내 업체 투자 제안 속출.」

「관광 대국으로 거듭나기 위해 시동을 거는 대한민국과 전일 그룹!」

과연 수익적인 측면으로도 성공할 수 있을지 없을지는 전일 그룹과 우리나라 정부에게 달렸다.

수익까지 본다면 더할 나위 없겠지만 현상 유지만 해도

최고의 성공인 셈이다.

시작의 날 이후.

그곳은 세계 최대의 안전지대이자 세계 각성자 협회의 본진이 될 테니까.

*　　　*　　　*

　　　"맞습니다. 새만금을 역동적이고 창의적인 사업
　　　으로 재탄생시켰습니다. 전일 그룹의 대규모 투자
　　　결의는 새만금에 세계를 향해 힘차게 비상할 날개를
　　　붙여 준 격이죠. 게다가 새만금의 간척 영역은 방대
　　　해서 복합 도시로서의……."

라디오 경제 채널에서도 새만금 이야기로 떠들썩했다. 마침 패널로 나온 자는 새만금 관계자라서, 찬양 일색이었다.

"또 전일이네."

우연희가 말했다.

당연히 썩 좋은 느낌으로 말한 건 아니었다. 그녀도 우리나라 경제에 관심이 많다 보니, 전일이 어떤 곳인지 알고 있기 때문이다.

그녀는 내 동의를 구하는 투로 물었다.

"바다 메꾼다고 많은 돈을 쏟고 있는 것도 문제가 크지만, 전일에게 또 특혜를 주고 있는 게 더 큰 문제야. 그렇지 않아?"

"우리나라에서 전일이 아니면 누가 저걸 진행하겠어. 혈세만 계속 바다에 처박고 있겠지."

"주권(主權)이 넘어가기 일보 직전이야. 선후야."

"이미 넘어갔다. 거기엔 신경 끄고."

라디오 소리를 줄이며 덧붙였다.

"저기로 빠져."

"김포로 빠지는데?"

"공항으로 가는 거니까."

"어? 여권 안 챙겨 왔어."

"소개시켜 줄 사람이 있어. 보류되었던 팀원 문제를 해결했다."

"……."

"시험은 이미 끝났다. 적당히 육성시켜 놓으면 한 사람 몫을 제대로 할 수 있는 녀석이지."

어차피 미하엘과 한 팀으로 묶여서 다니다 보면 우연희도 알게 될 일이었다.

유럽 대륙에서 있었던 일을 간략하게 풀었다.

우연희는 사전 각성자들이 모여서 한 개 그룹을 형성하고 있으며, 이후로도 꾸준히 확장될 거라는 말에 두 눈을 깜빡였다.

"우리 둘이서만 지지고 볶아서 해결할 수 있는 거였다면 거둬들이지 않았어. 없애 버렸지."

"내부적으로 문제가 발생할 경우는?"

"그룹 리더가 해결 봐야지. 그럴 수 있는 녀석이라고 본다. 녀석들 걱정은 할 것 없어. 너는 잘 따라오기나 해."

우연희가 문득 생각났다는 듯이 대꾸했다.

"나 독일어 못하는데."

"미하엘이 우리나라 말을 익혀야지. 영어도 능숙하게 구사하니까 소통에는 문제없다. 영어, 꾸준히 공부하고 있지?"

"오자마자 과외부터 받고 있었어. 그래도 많이 늘지 않았어?"

"시간 나면 일본어도 준비해 둬. 앞으로 그쪽에서 활동할 일 점점 늘어날 테니까."

"일본어까지?"

"할 줄 아는 언어가 많을수록 좋다. 우연희, 너는 더 이상 중학교 선생이 아니거든."

공항 입국장.

미하엘이 탄 비행기가 도착했다. 녀석은 흥분에 가득 찬 얼굴로 들어왔다.

나 외에 다른 사람까지 같이 있을 거라곤 생각 못 했는지, 우연희를 바라보는 시간이 길었다. 우연희가 먼저 손을 내밀었다.

"얘기 많이 들었어. 만나서 반가워."

"이쪽은 마리."

그제야 미하엘이 우연희의 손을 맞잡았다.

"반가워. 나는 미하엘이다. 잘 부탁해."

"나머지 인사는 가는 길에 하기로 하지."

우리는 차량으로 돌아왔다.

운전대는 우연희가 잡고, 미하엘과 나는 같이 뒷좌석에 탑승했다.

"어디로?"

"수원부터 시작하자."

내일까지면 병동만 세워 두고 방치해 뒀던 F급 던전들을 끝내 놓을 수 있을 거다. 그리고 그 던전들은 우리가 아닌 미하엘을 위한 것이었다.

미하엘은 아직 깨닫지 못했겠지만, 녀석의 전투 센스는 천부적이다.

능력치만 어느 정도 손봐 주면 잠재되어 있던 전투 능력이 자연히 개발될 일.

"그룹은 어때?"

"정신없지. 그래도 이탈자는 한 명도 없었어. 음…… 조슈아가 이탈자를 용납지 않는다는 말이 더 맞겠군. 사설 용병대가 눈에 띄게 늘고 있는데."

미하엘은 그것부터 설명했다. 하루가 다르게 늘어나기 시작한 용병들이 저택 경비는 물론, 주변 지역을 완전히 통제한다는 것. 또한 저택 부지를 소왕국처럼 확장해 외부와 격리시켜 놓았다는 것 등.

조슈아는 카르얀 가문의 차기 가주 자리를 확보하면서도 내부 정비에 전력을 다하고 있었다. 레볼루치온의 기틀이 확고해지는 대로 녀석은 던전 공략을 시작할 것이다.

미하엘이 긴 얘기를 마치며 우연희의 뒷모습을 빤히 쳐다보았다.

우연희에게 관심이 클 수밖에 없는 것이다. 그러며 당연히 품고 있을 궁금증이 있었다.

"현재로선 나와 마리 그리고 너. 이렇게 세 사람만 한 그룹이다. 마리는 오래 전부터 나와 함께하고 있었지. 이번에 네가 합류했고."

"그럼 지금부터 널 '오딘'이라고 불러도 되겠지?"

미하엘이 기다렸다는 듯이 물었다.

"물론. 하지만 경의를 담아야지. 내게 뿐만 아니라 마리에게도."

미하엘은 생각이 많은 얼굴이 되었다.

"우리 그룹의 룰에 따르지 못하겠다면 지금도 늦지 않았어. 독일로 돌아가."

"네게는 그럴 수 있지. 하지만 마리는?"

미하엘의 시선이 우연희의 뒤통수로 꽂혔다.

"너 같은 거 백 명이 달려들어도, 마리 몸에 손 하나 못 대."

*　　　*　　　*

전 지역을 돌았다.

던전을 공략하는 시간보다도 이동하는 시간이 더 길었다.

그런데 미하엘은 운이 더럽게 없는 녀석인 게 맞았다. 능력치 수치는 잘 뜨지도 않고, 아이템만 저급한 것들로 띄워 댔다.

예정에 없던 던전을 추가로 몇 개 더 공략한 끝에 녀석의 민첩을 한 등급 높일 수 있었다.

민첩 확장 현상.

본인도 주체할 수 없는 빠르기에 놀란 미하엘이 허우적 거리고 있는 동안.

우연희가 말했다.

"과묵하지만 나쁜 사람 같지는 않아."

말수가 별로 없던 건 우연희도 마찬가지였다. 줄곧 조용히 미하엘을 관찰했던 모양이다.

"상위 던전에 데리고 가려면, 조금 더 능력치를 끌어올려 줘야지?"

"E 등급까지만 맞춰 주면 상위 던전에서도 한 사람 몫은 할 거다. 우리나라 거는 그만 돌고 일본에서 마저 끝낼 건데, 어떡할래?"

"응?"

"지금까지 뚫어 놓은 병동들, 네 법인 소속으로 넣어 줄 거다. 선불이야. 그것들 정리해 두려면 시간 좀 필요할 텐데. 한국에 남아 있으려면 남아 있어. 오래 걸리진 않을 거니까."

"아니. 사무장에게 맡길게."

우연희가 법인 일보다 포인트를 선택했다.

"믿을 만한 사람이고?"

"지금까지 하는 거 봐서는, 뒤로 허튼짓하는 분은 아니셔."

"그럼 빨리 해치우자고. 저 녀석 사람부터 만들어 놔야
지."

*   *   *

모든 준비가 끝났다.

미하엘의 감각 확장 현상이 마무리된 것이다.

운발이 더럽게 없어서 필요한 수치들이 제대로 뜨지 않
아 시간이 지체된 건 사실이지만.

그는 감각 확장 현상을 단 3일 만에 극복해 버리는 기염
을 토했다.

여기는 아직 정상화되지 않은 병동의 뜰이다.

퍽!

우연희의 작은 주먹이 미하엘의 등에 꽂혔다.

미하엘은 짧은 비명과 함께 크게 튕겨져 날아갔다. 녀석
이 비탈 아래로 처박히며 시야에서 사라졌다.

그러던 것도 잠깐, 온 얼굴에 악을 쓰며 다시 시야 안에
나타났다.

그때는 우연희가 허공으로 높게 몸을 던졌을 때였다. 공
중에서 빠르게 회전하던 우연희가 바닥에 착지하는 순간,
그녀의 작은 발끝이 미하엘의 턱을 올려 찼다.

턱뼈가 아작 나 버려도 당연한 충격으로 보였다. 우연희는 재빨랐다.

미하엘이 일어서려는 것을 기다려 주지 않았다.

그녀는 한 손으로 미하엘의 얼굴을 짓누르고, 다른 한 손으로는 어느새 빼 든 단검으로 목을 겨눴다.

단검이 아슬아슬하게 찔러진 부분에는 피가 약간 맺혀 나왔다.

"더 할래?"

"으윽…… 힐 해 주신다면."

"좋아."

아무리 전투 재능이 뛰어나다 할지라도 등급 차이는 극복할 수 없는 영역이다.

그래도 미하엘은 느끼고 있는 모양이었다.

E 등급 능력에 익숙해진 자신이 어디까지 할 수 있는지, 그래서 이따금씩 그의 얼굴에 떠오르는 미소들이 있었다.

물론 우연희에게 맞을 때마다 고통으로 사그라져 버리기 일쑤지만.

퍼억!

또 녀석이 날아가고 있었다.

그런 녀석에게 달려가 얼굴을 발로 걷어차 버리는 우연희는 인정이 많은 녀석이다.

그동안은 카지노칩이 생각나서 미하엘과 거리를 두려 했던 것 같다.

하지만 다음 상위 던전에 미하엘의 동행이 확정된 것을 인정할 수밖에 없었던지, 미하엘의 요구에 꾸준히 응해 주고 있었다.

다른 사람의 죽음을 보고 싶지 않으니까.

* * *

"나처럼 되고 싶다고 했지?"

"예."

"강해지는 방법은 심플하지. 지금까지 그래 왔잖아. 마리와 내 뒤를 잘 따라오기만 하면 노력 없이도 보상을 얻을 수 있어."

"독일에 있는 녀석들을 생각하면, 두 분께서 해 주시는 게 얼마나 큰 것인지 모르지 않습니다. 두 분께 감사하게 생각하고 있습니다."

감사라는 말로는 부족한 것이다.

본 시대에서는 리스크 없이 능력을 키울 수 있는 기회란 없었다.

누구든 1포인트를 위해서라도 목숨을 걸어야 했다.

"하지만 미하엘."

"예."

"네게 왜 이런 기회를 주고 있는지 생각해 봤나? 마리와 나는 지금에 이르기까지 수도 없이 목숨을 걸어 왔지. 그렇게 얻은 능력을 네게 베풀고 있는 거다. 이건 무엇으로도 보답할 수 없는 일이지."

미하엘은 말을 아꼈다.

"그럼에도 우리가 네게 기대하는 건 딱 하나뿐이다. 던전에서 한 사람 몫을 해 주는 것뿐. 따라와."

미하엘을 데리고 주차장으로 이동했다.

엊그제 서울에서 실어 온 아이템들이 트렁크 안에 있었다.

미하엘에게는 장신구 쪽보다, 공격력과 보호막 수치를 높여 줄 수 있는 실제 무장(武裝)이 요구됐다.

승리자의 투구.

승리자의 망토.

승리자의 철퇴.

승리자의 철갑 장화.

승리자의 장갑.

일명 승리자 세트로 그걸 그대로 입고 나가면 이 시절 사람들은 비웃어 대겠지만, 나중에는 동경의 시선으로 쳐다

볼 물건들이다.

모두 D 등급짜리로 발동될 때마다 금빛 기운을 뿜어낸다.

"이 또한 마리와 내가 목숨을 건 대가였지. 착용해 봐."

초기에 우리는 무장을 갖출 만한 아이템이 넉넉지 않았을 뿐더러, 손에 맞는 단검 하나를 띄우기까지도 애를 먹었었다.

하지만 이제는 애송이들에게 갖춰 줄 무장 정도는 넘쳐났다.

그동안 우리가 띄운 박스가 몇 갠데.

우연희는 미하엘이 승리자 세트를 입고 나타나자, 작게 박수 쳤다.

"멋지잖아. 부끄러워하지 마."

"낯설어서 그럽니다."

"우리도 챙겨 입을 거야. 그렇지, 리더?"

다음 날 E 등급 던전 앞에 도착한 직후였다.

우연희와 나도 무장을 갖추기 시작했다.

내 주력 무기는 관제의 언월도고 주력 방어구는 금강역사의 수호 장갑이다.

그것 두 개와 지배의 반지까지는 눈에 띄지 않지만.

나 역시 방어막을 높이기 위해 망토와 투구 등을 써야만
했다.

아이템들이 착용자의 크기에 맞게 변환되며 금빛 기운을
뿜어내기 바빠졌다.

꼭 눈에 띄는 무장만 있는 게 아니다. 아이템의 외양은
참 다양해서, 지금 시절의 문명에도 위화감이 없는 것들이
존재한다.

예컨대 우연희가 입은 셔츠가 그중 하나였다. 그녀는 그
밋밋한 하얀 셔츠가 잘 어울렸다.

무장을 끝낸 우리는 잠깐 말이 없어졌다. E 등급 던전으
로 내려가는 비탈길이 푸른 막 아래로 펼쳐져 있기 때문이
었다.

"물론 E 등급 던전의 난이도는 대폭 상승한다. 하지만
화성의 F 등급 던전을 공략했던 당시와 견주어 본다면, 꽤
할 만한 게 사실이다."

모든 능력치.

S급 잠재력의 스킬들 또한 C 등급까지 성장시켰다. 이는
허접한 스킬들을 S 등급까지 성장시킨 것과 비슷한 파괴력
을 낸다.

게다가 관제의 언월도에 금강역사의 수호장갑 조합을 갖
췄다.

냉철하게 계산해 볼 때.

지금 나는 리빌딩을 끝내지 못한 A 등급 헌터 이상이다.

"그러나 보스전만큼은 장담할 수 없다. 목숨을 걸어야만할 거다. 하지만 잊지 마라. 우리들의 성장이란 계단과 같다. 한 단계 도약하고 나면, 이런 E등급 던전 또한 장난이나 다를 바 없어지는 순간이 오겠지."

두 파티원과 눈빛을 교환했다.

우리는 말없이 배낭을 짊어지는 것으로 공략을 시작했다.

* * *

만화 '닌자 거북이'에서 스승 스플린터는, 슈뢰더가 함정으로 뿌린 초록 액체에 의해서 돌연변이가 된다.

바르바 군단은 딱 그런 모습을 연상케 하는 녀석들이다.

쥐가 돌연변이를 거쳐 인간과 가깝게 변한 모습.

녀석들의 흉한 모습은 차라리 낫다.

죽을 때마다 사방으로 터트리는 역병 체액과 거기서 오염되는 지대야말로, 녀석들의 진짜 공격이라 할 수 있다.

가이아의 의지를 터트렸다.

우연희와 미하엘에게 달려들려던 것들까지도 내게로 고

개를 틀었을 때.

관제의 언월도가 반지 형태에서 커다란 언월도로 변해 잡혔다.

훼엥—

솨악!

일거에 녀석들의 대가리가 허공으로 튀었다. 어김없이 핏물이 튀겨 오자.

[방어막이 20의 피해를 입었습니다.]
[방어막: 13180 / 13200]

방어막 수치가 깎인다.

우연희에게는 오염을 정화시켜 줄 수 있는 스킬이 없다.

핏물이 스며든 바닥이 역병 대지로 변화하기 시작했어도, 이를 막을 수 있는 게 우리 파티에는 전무했다.

녀석들의 대가리를 밟으면서 뛰어다니는 데도 한계가 있었다.

바닥에 착지하자마자 방어막 수치가 떨어지는 속도가 중첩되기 시작한다.

그때 시체들 너머로 한 개 부대 규모가 몰려오는 게 보였다.

쾅!

시바의 칼날로 녀석들을 폭사시킨 후에도, 옆 갈림길에서 나타난 부대 또한 직접 달려가서 모가지를 거둬 왔다.

가이아의 의지 효과로 쥐새끼들이 나만 노리고 있는 동안, 우연희와 미하엘은 녀석들의 시체를 뒤지기에 여념이 없었다.

퀘스트 아이템을 찾기 위해서였다.

둘의 방어막도 계속 깎여 나가고 있기 때문에 서둘러야 할 것이다.

"두 개 찾았어!"

"전 한 개 찾았습니다. 이젠 없습니다."

"좋아. 빠르게 따라붙어. 안전지대가 나올 때까지 멈추지 않는다."

안전지대는 녀석들의 시체에서 멀리 떨어진 곳이다. 달리 말하자면 전투 상황이 종결되어야 한다는 것이다.

그러나 나가도 나가도, 쥐새끼들은 쉴 틈 없이 몰려들고 있었다. 뒤쪽 후방에서도 밀려들고 있는 녀석들이 있었다.

"마리!"

"이쪽은 우리가 알아서 할게."

우연희의 판단이 빨랐다. 그쪽의 숫자는 확실히 적었다.

게다가 내 쪽 진로에는 F 등급 던전에서 대전 퀘스트로 나왔던 바르바 전사가 주축이었다. 맛보기는 끝났다. 군진을 쓰는 녀석들이다.

첫째 대열에 전사를 배치하고 후방에 궁수들이 존재한다.

역병 체액이 묻은 화살들이 곡선을 그리며 쏟아졌다.

하지만 느려.

내가 서 있던 자리에 화살이 꽂혀 있을 때 즈음, 나는 기마대처럼 전사 진형에 뛰어들었다.

쾅!

바르바 전사들이 튕겨 날아갔다.

"기에엑?"

"기에에엑. 기엑!"

바르바 군단의 언어를 이해할 수 있는 아이템이 없는 이상.

단지 쥐새끼들이 내는 울음소리에 불과하다. 주축이었던 전사들의 목이 뎅강뎅강 잘려 나가며 숫자가 빠르게 줄어들었다.

그러자 후방 궁수 진영에서, 아군까지도 개의치 않고 화살을 쏘려는 것 같았다.

언월도를 쥐지 않은 한 손. 거기의 손가락 하나하나에서 시작된 벼락 줄기들이 굵고 얇은 수십 가지 형태로 뻗쳐져 나갔다.

빠지지직!

"기에엑! 기에에엑!"

통로 전체는 통곡의 굴로 변했다. 워낙에 약삭빠른 녀석들이라 진작 진영에서 이탈한 녀석들이 저만큼 도망치고 있던 것도. 선명한 벼락 줄기들이 녀석들의 전신을 꿰뚫어 버린다.

클리어.

"이쪽은 클리어야!"

우연희의 목소리가 들렸다.

허나 녀석들의 더러운 피가 스며들수록 오염 정도는 더욱 짙어진다.

시꺼멓게 변질된 대지를 중심으로 빠르게 퍼져 나가고 있었다.

"시체 뒤질 시간 없다. 빨리 따라붙어! 안전지대까지 달린다."

굴이 좁아지는 허리 부분이 코앞이었다. 오염 지대가 끝났다.

잠시 후 우연희가 미하엘을 어깨에 들쳐 맨 채 따라붙었다.

그녀보다 체구가 큰 미하엘을 새끼 고양이처럼 짊어지고

온 것도 그렇지만, 우연희는 미하엘을 내려놓자마자 그의 방어막 상태부터 챙기며 어미 고양이처럼 굴었다.

"너희 둘은 여기 남아 있어."

"괜찮겠어?"

"확인했잖아. 잡졸들은 문제될 게 없다."

"저기, 대전 퀘스트 지역일 가능성이 높아."

우연희가 굴이 현격히 좁아지는 전방을 가리키며 말했다.

계산은 끝났다.

오딘의 분노 효과가 잔존하지 않더라도 대전 퀘스트까지는 문제없다.

나는 굴 허리 부분을 향해 뛰었다. 이미 날선 감각이 그 안에서 우글대고 있는 녀석들의 숫자를 알려 오고 있기 때문에라도.

녀석들이 진형을 갖출 시간을 주지 않을 생각이었다.

아니나 다를까.

바르바 전사들이 황급히 방패 역할을 하고자 뛰어들었다.

그러나 기마대에 충돌당한 일개 보병처럼, 사방으로 튕겨져 날아가 버리며 대전 퀘스트 몬스터의 모습을 고스란히 드러냈다.

"기다렸다. 바르바 역병술사. 좋아, 좋아!"

F 등급 던전의 보스 방에 가져다 놓아도 전혀 이상하지 않은 녀석.

녀석이 찬 뼈 목걸이가 힘의 근원이다. 시간을 역행해 와서는 처음으로 찾아낸, 바르바 군단의 역병 징표 중 하나다.

그것이 반짝이려던 찰나, 벼락 줄기들이 녀석의 호위대를 관통했다.

녀석에게 떨어진 벼락은 다름 아닌 관제의 언월도였다.

녀석의 방어막 따위는 언월도와 충돌하자마자 소멸되었다.

"기에에엑……."

녀석을 한 발로 깔아뭉개며 목걸이부터 뜯어냈다.

[사용할 수 있는 아이템 한계 수치를 초과하였습니다.]

장신구 한 개의 효과를 날려 버린 그때.

녀석이 흘리는 쥐새끼 울음소리가 이해됐다.

"너는…… 어떻게 된 것이냐."

거기에 대고 뇌까렸다.

"역병 연구실을 열어. 하면 목숨만큼은 살려 주마. 쥐새
끼."

물론 살려 줄 마음은 눈곱만큼도 없었다.

Chapter 8.

"너…… 였나. 너였어. 어, 어떻게 들어왔지?"

쥐새끼가 중얼거렸다.

흉부에 밀려오는 압박에 몸부림치면서도 나를 뚫어져라 쳐다보고 있었다.

역시 내 이야기가 녀석들에게까지도 퍼져 있었다.

바르바 군단뿐만일까.

군단, 일족 및 온갖 무리들의 던전들을 파괴시켜 왔었다.

비록 최하급 던전에 불과할지라도 지금 시절에서는 이 녀석들에게 꽤 충격으로 다가왔을 일.

녀석의 팔이 움직였다.

더러운 털이 숭숭 난 손으로 어떻게든 내 발목을 잡고 싶어 하는 것 같았다.

그러던 녀석의 손을 언월도 끝으로 찍어 눌렀다. 녀석이 비명을 터트렸다.

그 비명 이전에 이쪽으로 몰려오고 있는 녀석들이 있었다.

쾅!

폭음과 함께 흙먼지가 나부꼈다. 핏덩어리들이 흙먼지를 뚫고 사방으로 흩어지자, 녀석의 눈에 서려 있던 일말의 희망조차 사그라들었다.

반면에 동공은 빠르게 움직여 댔다. 생존을 위한 고통스러운 계산이 시작된 거다.

바르바 군단은 직급이 높아질수록 특히 영민한 것들이었다.

나는 녀석이 세 치 혀를 놀리기 전에 발에 힘을 주었다. 녀석이 핏물을 울컥 토하며 자지러지는 소리를 냈다.

"역병 연구실을 열어. 무시하고 죽든가, 내가 약속을 지키길 바라든가. 선택해라."

벼락 줄기들이 녀석의 얼굴 앞에서 춤을 추기 시작했다.

녀석의 두 눈은 공포로 물들었다.

저 벼락 줄기가 자신을 어떻게 갈기갈기 찢어 먹을지 아는 눈치였다.

마지막으로 녀석의 몸 위로 뼈 목걸이를 떨어트렸다.

벼락 줄기 하나의 끝으로 녀석의 얼굴을 살짝 건드리자, 녀석의 뼈 목걸이와 녀석의 두 눈에서 황급히 흘러나온 빛이 융합됐다.

벽 한구석이 허물어지고 있었다.

"기, 기에에엑……."

약속대로 살려 달라는 뜻일 것이다. 허나 쥐새끼들에게 지킬 신의가 어디 있는가.

콰직!

그냥 밟아 버리고 말지.

*　　　*　　　*

연구실로 향하는 통로로 들어가자 히든 퀘스트가 발생했다.

[역병 연구 저지(히든 퀘스트)

임무: 역병 연구실에 존재하는 모든 역병술사를 처치하라.]

모든 역병술사라 함은 무리를 짓고 있다는 말이다. 즉 E급 던전의 퀘스트라고 보기에는 난이도가 상당하다는 것이다.

어설픈 화력을 지닌 파티나 공격대는, 운 좋게 히든 퀘스트를 띄워도 바로 이런 퀘스트들의 먹잇감으로 전락하기 일쑤였다.

[암살자의 반지를 사용 하였습니다.]
[은신 상태에 돌입합니다.]

통로를 따라 들어가자 공간이 확장됐다.

연구실 규모는 소형. 역병술사는 모두 여섯 마리.

그중 셋은 노예들에게 약물을 주입하고 있는 중이며, 한 마리는 연구 서적을 뒤적거리고 나머지 두 마리는 약물을 만드는 중이다.

그리고 일반 잡졸들은 결박 상태에서 죽어 버린 노예 시체들을 치우기 바빴다.

한쪽에는 노예 시체들이 아무렇게나 쌓여 있었다. 거기서 흘러나오는 시독(屍毒) 액체는 여기까지도 악취가 고약하다.

궤도 계산이 애매한 이유는 중간중간 샹들리에처럼 걸려

있는 약물 저장 용기들 때문이었다. 용기 하나하나의 크기
가 상당했다.

부서지는 즉시 고밀도의 오염 물질이 쏟아질 테고, 딛고
선 땅은 물론 던전 전체가 최악의 오염 지대로 변할 가능성
이 있었다.

다른 곳도 아닌 역병 연구실의 오염 물질이니까.

그래서 기회를 엿봤다.

그러는 동안 노예, 즉 실험체가 죽어 나가고 새로운 것들
이 채워졌다.

좀처럼 때가 오지 않았다. 역병술사들의 목이 한 궤도 안
으로 들어와야 하는데, 연구 서적을 뒤적이는 녀석이 문제
였다. 생긴 것과 다르게 연구에 집중해서는 조금도 움직이
지 않는 것이다.

게다가 녀석 주위에는 약물 저장 용기들이 밀집해 있었
다. 저장 용기 속의 오염 물질들이 거슬리는 것이지, 역병
술사들 자체로는 꺼릴 게 없다.

드디어 녀석이 책 한 권을 다 본 것 같다.

녀석이 다른 책을 찾아서 토굴 벽의 책장으로 향하는 순
간.

모든 역병술사들이 궤도 안으로 들어왔다.

[은신 상태가 해제 됩니다.]

데비의 칼이 구붓하게 휘어져 나갔다.

일은 역병술사들이 마법을 사용할 틈조차 없이 찰나에 벌어졌다.

쉐엑. 사아악—

[퀘스트 '역병 연구 저지'의 완료 조건을 충족 하였
  습니다. 최초와 차순위자를 합의 하에 결정하여 주십시
  오.]

"침입자다!"

잡졸들이 외쳤다.

옮기던 시체와 끌고 오던 노예들을 던져 버리고는 내게 뛰어온다. 빠르게 훑어보는데 저장 용기를 건드리려는 녀석은 없었다.

녀석들의 피로 오염되는 지대야 감수할 수 있는 정도였다.

연구실 내부를 빠르게 정리하고서 책장으로 향할 때였다.

바르바 군단의 노예. 그러니까 '뭉' 이라고 불리는 대표

적인 이계 노예 종족 중 하나인데, 실험체로 쓰일 운명이었던 한 녀석이 내게 다가오기 시작했다.

이미 오염 상태가 상당히 진행된 녀석이었다.

적당한 거리에서 녀석이 겁에 질린 목소리를 냈다. 이해할 수 없는 언어지만, 대충 무슨 뜻인지는 감이 잡혔다. 살려 달라는 거다.

협조할 테니 어떻게든 여기서 빠져나갈 수 있게 도와 달라는 거겠지.

나는 속으로 혀를 찼다.

간절한 저 얼굴들을 무시하고 반드시 목숨을 끊어 놔야만 했다.

건너편 구역으로 넘어갔다. 나머지 노예들의 목숨도 빠르게 거뒀다.

오염되지 않은 녀석이 없었다. 그대로 내버려 뒀다간 바르바 군단의 생체 무기로 변해 우리 뒤를 노리고 말 일이었다.

이 녀석들로선 바르바 군단에 붙잡혀 온 이상 운명이 결정된 거나 마찬가지였다.

안타깝지만, 녀석들에게 해 줄 수 있는 것이라곤 고통 없는 죽음을 주는 것뿐이었다.

고통 없는 죽음이라…….

몸을 돌렸다.

토굴에 붙여진 책장에는 연구 서적들이 가득했다.

바로 이런 것들을 우리들은 스킬북 그리고 룬이라 불렀다.

＊　　＊　　＊

스킬과 아이템을 얻는 방법은 보상 박스 외에도 존재한다.

이렇듯 몬스터 일족의 문명이 집약된 공간에서도 찾을 수 있는데, 바르바 군단의 학자 격이기도 한 역병술사들의 연구실도 그중 하나다.

서적을 한 권씩 집어 들 때마다 시스템이 반응하기 시작했다.

[스킬 '역병 숨결'을 획득 하시겠습니까?]

[스킬 '역병 채찍'을 획득 하시겠습니까?]

[스킬 '역병 연구'를 획득 하시겠습니까?]

[스킬 '생체 연구'를 획득 하시겠습니까?]

연구 스킬은 평균 이상의 값어치를 한다.

스킬이 등급 업 할 때마다 특정 능력치의 향상이 자연히 따라오며, 운이 좋다면 해당 종족의 언어 또한 습득할 수 있으니까.

하지만 내가 찾는 건 이런 것들이 아니었다.

이런 곳들에 꼭 존재했었던 룬을 찾고 있다.

박스 보상으로는 얻을 수 없는 영역들.

나는 서적이 띄우는 메시지를 일일이 확인하며 읽은 서적을 배낭에 담았다.

그러다 한 서적을 집어 들었을 때였다.

[각성자 최초로 히든 퀘스트 '룬 습득'을 완료 하였습니다.]

[최초 완료 보상으로 '골드 박스'를 획득 하였습니다.]

이게 남아 있었군.

던전 퀘스트로 적용되지 않기 때문에 바로 완료가 뜨며 보상이 떴다. 그러나 더 이상 올릴 수 없는 능력치 수치를 띄우며 꽝으로 돌아섰다. 골드 박스는 대부분 꽝이다.

서적으로 시선을 돌렸다.

[룬 '역병술사의 연구서' 를 사용 하였습니다.]

[역병 저항력이 10% 상승 하였습니다.]
[맹독 저항력이 5% 상승 하였습니다.]
[새로운 종목들이 추가 되었습니다.
대상: 역병 저항력, 맹독 저항력.]

룬 하나를 더 찾아내면서 역병 저항력은 20%, 맹독 저항력은 10%까지 상승했다.

이래서 E 등급 던전에 들어올 날을 고대하고 있었던 것이다.

괜찮아 보이는 스킬북을 마저 선별했다. 그러던 중 다른 서적들의 표지보다 질 좋은 가죽으로 신경 써서 만들어진 것을 발견했다.

물론 아무런 메시지도 띄우지 않은 책이 대다수지만, 그 책은 유난히 특별해 보이기에 남다른 기대감이 서렸다.

하지만 조용했다.

스킬북도 룬도 아닌, 그냥 일반 잡서에 불과했던 모양이다.

그래서 바닥에 던져 버리려던 찰나.

확!

이를 경고하는 듯한 메시지가 번뜩이며 떴다.

[**둠 엔테과스토**의 권능에 의해 보호를 받고 있는 서
적입니다.]

둠 엔테과스토!

고작 이름 하나일 뿐인데 심장이 먼저 반응했다.

메시지를 재차 확인했다.

칠마제 중 하나의 이름이 굵은 글씨로 박혀져, 절대 놓칠
수 없게 표현되어 있다.

본 시대에서 둠 엔테과스토는 칠마제 중에서도 상위급
존재로 알려져 있었다.

칠마제 중 가장 하등 존재였던 둠 카소마저 전성기 때의
팔악팔선이 다 달려들어야 간신히 물리칠 수 있을 정도로
괴악했는데.

둠 엔테과스토는 어디까지 공포스러워질 수 있는지 감히
추정조차 할 수 없다.

[공적을 사용하여 **둠 엔테과스토**의 권능을 제거 하
시겠습니까? (소모 공적: 100)]

공적은 이럴 때 사용하는 거였군!

칠마제의 권능에 보호를 받고 있는 뭔가가 있다는 것이나, 그러한 권능을 제거할 수 있는 공적 시스템.

모든 게 생소했다.

본 시대의 팔악팔선들이 이를 몰랐을 리가 없다.

팔악팔선을 상당히 꿰뚫고 있었다 자부했으나, 결국 나는 우물 안의 개구리에 불과했던 것이다.

어쨌든 특정 소수만이 독점하고 있던 정보가 공개되는 순간이었다.

생각건대 칠마제의 권능과 공적 외에도, 미처 접근할 수 없었던 개념들이 더 존재할 것 같았다.

"제거해."

첼린저 박스에서나 나올 법한 광휘였다. 찬란한 빛이 서적에 스며들었다.

[바르바 군주의 강행 지도서 (퀘스트 시작 아이템)

등급: S]

"……환장하겠군."

S 등급짜리 퀘스트 시작 아이템이라니.

이 정도 물건은 나도 처음이다.

등급은 곧 보상의 표본이다.

절대적으로 첼린저 박스나 그에 준하는 포인트가 깃들어 있는 퀘스트라는 말이다.

그렇다면 난이도는?

[퀘스트 '바르바 군단의 방해자'가 발생 했습니다.]

[바르바 군단의 방해자 (퀘스트)

바르바 군단의 역병 연구는 모든 종족에게 치명적입니다. 역병 연구가 완료 되는 날, 바르바 군단은 그들이 인지한 모든 땅을 오염 시키려 할 것입니다. 바르바 군단의 연구 속도를 늦추십시오.

임무: 1. 바르바 고위 역병술사 3마리 제거.

2. 역병 연구실 20개 파괴.

3. 바르바 역병술사 100 마리 제거.]

스르르.

어디선가 나타난 빛이 손아귀 안으로 모여들었다.

[역병을 증오하는 아이 (퀘스트 아이템)

효과: 역병 연구실까지 안내해 주는 정령을 소환 합니다. 바르바 역병술사가 존재하는 던전에서 사용 할

수 있습니다.]

한동안 쥐새끼들만 잡아들이게 생겼지만, 그래도 괜찮다!

퀘스트 등급에 비해 난이도는 거의 거저나 다름없다.

시스템은 훗날 남아메리카 대륙 전역이 방사능에 찌든 땅과 마찬가지로, 죽음의 땅으로 변하고 마는 걸 이때부터 예견하고 있었던 것 같다.

그러니 시스템이 금번의 퀘스트에 큰 의미를 두고 있는 건 당연한 일이다.

맞다.

우리 인류에게 큰 의미가 있는 퀘스트였다.

* * *

[고위 역병술사의 역병 대지, 시전까지: 5분]

정작 보스 몬스터인 고위 역병술사는 군진 속에 가려 보이지 않는다.

마법 계열인 역병술사와 소환술사도 마찬가지다. 그것들 모두는 군진의 보호를 받고 있으며, 또 군진 전체에는 방어막이 형성되어 있다.

바르바 전사와 궁수들도 진형을 이탈할 생각이 없어 보였다.

[돌연변이 뭉 족들이 소환 됩니다.]

군진 바깥으로 부패와 질병의 흔적이 역력한 녀석들이 소환되기 시작했다.

안타깝게 바르바 군단의 생체 무기로 변한 건 둘째치고, 소환술사들의 강화 마법이 부여된 것들이라서 광기에 찬 눈빛들이 희번덕거렸다.

화살이 빗발처럼 쏟아지고 있던 때였다.

군진 속 궁수들은 돌연변이 뭉족들이 죽든 말든 개의치 않았고, 돌연변이 뭉족 또한 우리를 죽여야 한다는 일념에 사로잡혀 있었다.

역병 화살들을 쳐 내며 말했다.

"5분 안에 군진을 박살 내야 한다. 그건 내가 하지. 너희 둘은 그때까지 알아서 살아남아."

언월도에 왜 관제의 이름이 붙어 있는가. 벼락 줄기에 왜 오딘의 이름이 붙어 있는가.

관제와 오딘이 합쳐진 언월도는 신병(神兵)으로 변한다.

방어막에 부딪칠 때마다 천둥 같은 굉음이 터져 나왔다. 강력한 공격력과 더불어 벼락 줄기들이 날카롭게 튀어 댄다.

빠지지직!

군진 속 잡졸들은 그런 신위 앞에서 눈을 떼지 못했다. 그것들은 언월도가 군진 방어막을 때리면, 어김없이 웅성거렸다.

화살을 쳐 내며 세 번째 충격을 가했다. 내 뒤를 노리던 돌연변이 뭉족 몇의 비명 소리가 들렸다. 살이 타는 냄새가 바로 인다.

그러며 방어막을 뚫고 나오는 허접한 창들은 나를 건드리고 싶어서 안달이 났다.

그런 저급한 공격 따위로는 어림도 없지.

그나마 역병술사와 소환술사들의 마법은 매우 빨라 꼭 하나씩 적중되고 있긴 한데, 무기인 관제의 언월도에 붙어 있는 마법 피해 흡수력은 무려 9400방이다.

지금도.

마법 세 개가 완만하게 휘어져 들어오고 있었다.

원한이 가득 담긴 지독한 악령처럼 매서운 속도를 동반한 채.

그중 하나가 내 방어막에 부딪치며, 또다시 시야 속 세상을 일시적으로 누렇게 만들었다.

찰나에 돌아본 뒤는 돌연변이 뭉족들로 득실거렸다.

우연희가 사이사이를 뛰어다니는 모습이 나타났다가 사라지길 반복하고, 미하엘의 방어막이 깎이는 걸로 추정되는 금빛 기운들이 계속 터져 대고 있었다.

이건 약과다.

고위 역병술사가 역병 대지 시전을 끝마치고 나면, 우리는 약해지고 우리의 적들은 도리어 강해진다.

쾅!

나는 마법을 피하며 시바의 칼날을 던졌다. 그러고는 곧장 폭음 속으로 뛰어들어, 다시 한번 군진 방어막을 내리쳤다.

쾅!

"기에엑?"

"기엑. 기에에엑!"

잡졸들이 안에서 난리가 났다.

그러거나 말거나 내 뒤를 노려 오는 돌연변이의 목을 갈랐을 때.

[특성 질풍자가 발동 하였습니다.]

[민첩 등급이 변동 되었습니다. 변동: C → B]

[특성 타고난 자가 발동 하였습니다.]

[모든 특성 등급이 변동 되었습니다. 변동: C → B]

질풍자에 이어서 타고난 자까지 터졌다.

방향을 틀었다.

우연희와 미하엘에게 달려가며 언월도를 휘두를 때마다, 열 마리가 넘는 돌연변이들이 두 동강 나기 시작했다.

공격 대상을 군진 방어막에서 뭉족들로 잠깐 바꾼 건 이 때문이다.

[타고난 자 (특성)

효과: 보유 중인 타 특성이 발동 하는 순간, 보통 확률로 특성 등급이 한 등급 상승 합니다.

등급: C (0)

지속 시간: 5분

재사용 시간: 7일]

아직 발동되지 않은 전투 특성이 있었다. 예민한 자. 대상에게 강력한 피해를 입혔을 경우 감각 등급이 한 등급 상승한다.

타고난 자와 결합되어 발동 확률이 높게 변한 상태.

역시였다.

[특성 예민한 자가 발동 하였습니다.]

[감각 등급이 변동되었습니다. 변동: C → B]

역경자를 제외한, 한계치까지의 전력이 갖춰진 셈이다.

그때부터였다. 어떤 마법도 나를 맞힐 수 없었다. 상황을 간파한 군진 안에선 공격 방식을 바꾸려 했지만 때는 늦었다.

사방을 뛰어다니며 군진 방어막에 타격을 먹였다. 잡졸들이 할 수 있는 건 방어막이 부서지지 않길 바라는 것뿐이었다.

마침내 방어막이 뚫렸다.

나와 눈이 마주친 잡졸이 혼비백산하여 달아나는 게 시작이었다.

정확하게 계산된 데비의 칼날이 그것들의 목 뒤를 훑고 지나갔다.

그러자 줄곧 군진 속에 가려져 있던 녀석들의 모습이 드러났다.

역병술사와 소환술사들. 그리고 그 중심에는 아직도 역

병 대지 시전에 집중 중인 고위 역병술사가 있었다.

고위 역병술사가 믿을 수 없다는 듯이 나를 노려보았다.

내 주위로는 여전히 돌연변이 뭉족들이 소환되고 있지만, 나오는 즉즉 두 동강 나거나 벼락 줄기에 휩싸이는 중이다.

[고위 역병술사의 역병 대지, 시전까지: 2분 31초]

놈도 완전히 늦었다는 걸 깨달았다.

놈이 시전을 포기한 시점에서 거센 바람이 불어 나왔다.

풍압도 풍압이지만 역병 인자가 포함되어 있다. 방어막을 갉아먹는 소리가 들리는 것만 같았다.

우연희는 어떻게든 서 있긴 한데 문제는 미하엘이었다. 벽 끝에 처박혀서 바람에 짓눌린 채로 피를 토하고 있는 것이었다.

하물며 역병술사와 소환술사들이야 진즉 나가떨어졌다.

우연희와는 눈빛만으로 통했다.

그녀가 역병술사와 소환술사들을 처리하기 위해 방향을 트는 걸 마지막으로, 나도 고위 역병술사를 향해 한 걸음씩 내딛었다.

속지 마라. 마법사면서도 근접 공격이 약한 놈이 아니다.

놈은 본인이 일으킨 질풍에 몸을 맡기듯 허공을 날다시 피 했다.

그렇게 시야를 뚫고 나온 지팡이 하나가 내 정수리를 노리고 떨어졌다.

그 충격은 방어막으로 흡수할 생각이었다. 동시에 놈에게 일격을 먹여, 서로 방어막 수치를 주고받는다면 이득은 내게 있었다.

비스듬히 쳐올린 언월도가 놈의 방어막을 때리던 순간.

놈의 지팡이도 내 방어막을 강타했다.

[괴력자가 발동 했습니다.]

크큭.

놈이 곧장 튕겨 날아가 버린 건 바로 그 때문이었다.

공격자에게 물리 피해를 고스란히 되돌려 주는 특성!

이 또한 타고난 자와 결합하여 발동 확률이 높아진 상태 아니던가.

그렇게 질풍이 꺼져 버린 순간은 나를 옭아매고 있던 속박구가 증발된 것이나 다름없어진 시점이었다. 놈은 재빠르게 일어서려 했으나, 나는 이미 놈의 머리맡으로 떨어지고 있었다.

쾅! 빠지지직—

묵직한 느낌과 함께 벼락 줄기들의 춤사위가 현란했다.

놈의 방어막이 사라졌다.

거기서 놈의 뼈 목걸이를 떼어 냈을 때.

그래서 아이템 정보가 떴을 때.

　　[고위 역병술사의 뼈 목걸이 (아이템)

　　효과: 언어(바르바 군단)

　　물리 피해 흡수력: 0/1500

　　마법 피해 흡수력: 0/3500

　　등급: C]

게임 오버였다.

언월도로 놈의 얼굴을 찍어 버리자, 벼락 줄기들이 득달같이 달려들어 놈을 폭사시켰다.

　　[바르바 군단의 방해자: 바르바 고위 역병술사 1/3]

"……괜히 쫄았군."

역경자를 터트리지도 않았고 방어막은 아직도 남아 있었다.

막상 들어와 본 E 등급 던전은 나 혼자서도 가능한 곳이었다.

내가 리빌딩을 끝내지 않은 A급 헌터쯤 될 거라 했던 말은 취소다. 그들도 단 혼자서는 E급 던전을 공략할 수 없었기 때문이다.

잠재력이 최상위급인 스킬과 특성들을 C 등급까지 성장시키고 A급 무기와 방어구가 하나로 융합됐을 때의 시너지는 가히 굉장했다.

＊　　　＊　　　＊

우연희에게 아직 들려주지 않은 이야기가 있다.

각성자들의 많은 희생 끝에 알아낸 던전의 정체 말이다.

'봉인'이라는 단어에서 오해가 시작된다.

던전은 실제 우리네 땅 밑에 숨어들어 그날이 오기만을 기다리고 있는 게 아니다.

던전은 이것들의 본진으로 통하는 입구였다. 즉, 시스템이 일부분만 떼어 내 우리 세계로 소환하는 게 바로 던전이었던 것이다.

사방에 너부러진 뭉족의 시체들이 그 증거라 할 수 있겠지…….

안전지대로 자리를 옮겨 정비를 하고 있을 때.

우연희가 뭉족을 언급했다.

"우리하고 많이 닮은 몬스터였어. 더 크고 피부색도 보랏빛이지만."

역시 신경 쓰였나 보다. 아직은 우연희에게 던전의 진실을 들려주긴 일렀다.

대답 대신 미하엘을 턱짓해 가리켰다.

"미하엘은 여기에 맞지 않아."

그녀가 완전히 엉망이 된 미하엘을 향해 가엽다는 듯이 말했다.

이제야 깨닫게 된 것이지만, 미하엘이 없어도 E 등급 던전 공략에는 차질이 없었다. 나는 미하엘의 상태를 확인한 후 어깨에 둘러멨다.

우연희의 상태도 썩 좋은 건 아니었다. 군데군데 오염된 피부가 푸석했다.

'변이 중' 같은 디버프 상태까지 치닫지 않은 게 다행.

그녀의 입에서 흘러내리는 피 정도는 감당할 만한 수준이다.

우연희의 체력 등급이 알아서 오염 상태를 정화할 것이다.

"레볼루치온으로 돌려보내야 하지 않겠어?"

나는 고개를 끄덕였다.

비록 우리와 다시 떨어지게 됐어도, 그동안 상승한 등급하며 여기에서의 경험이 녀석과 레볼루치온에 큰 도움이 될 거다.

목숨을 건 대가로 녀석에게 장비시킨 아이템은 회수하지 않을 생각이었다.

그것을 본인이 쓰든, 그룹의 필요한 자에게 넘기든 녀석의 재량에 맡긴다.

E 등급 던전을 파괴하며 얻은 공적 수치는 3이다.

[공적: 146]

S급 퀘스트를 띄우는 자원인 만큼, 평소보다 눈길이 쏠리는 건 당연했다.

＊　　＊　　＊

미하엘이 건강을 되찾은 뒤, 차분하게 설명했다.

"그렇게 된 것이다. 내 판단 미스였다."

미하엘은 생각보다 순순히 수긍했다.

나와 우연희의 차이도 하늘과 땅만큼 벌어져 있는 걸 목격했는데, 또 본인과 우연희 사이에도 그만큼의 차이가 있다는 걸 납득한 모양이었다.

"저부터 말씀드리려 했습니다. 오딘과 마리보다도 레볼루치온이 저를 더 필요로 할 것 같군요."

"그래. 아이템은 알아서 하고, 이건 조슈아에게 넘겨주도록."

스킬북이 든 가방을 건넸다.

그러며 역병술사를 만들 때의 주의점들을 들려주었다.

미하엘은 열심히 들었다.

떠나는 그의 뒷모습은 축 처져 있지 않았다. 오히려 자신감이 풍겨 나오는 당당한 모습으로, 그의 성장과 더불어 레볼루치온의 성장도 함께 기대가 되었다.

지금의 인성을 유지한다면, 내가 해 준 것들을 잊지 않을 녀석이다.

존 클락의 곁에 믹을 붙였듯이 조슈아 곁에 미하엘을 붙여 둔 것에 의미를 두고, 녀석과의 인연은 잠깐으로 끝났다.

"다시 우리 둘이네. 이제 마음 놓고 선후라 부를 수 있겠다."

우연희가 후련한 듯이 말했다.

"우연희. 내가 크게 잘못 생각하고 있는 게 있었다."

"어떤?"

"E 등급 던전뿐만이 아니야. 지금처럼만 순항한다면…… 더 상위의 던전들도 어떻게든 가능할 것 같다."

"틀렸어. 우리가 아니야."

"E 등급 던전에서는 그리 보였지. 하지만 다음은 아니야."

"……D 등급을 바로?"

고개를 끄덕였다.

역병술사와 고위 역병술사들이 운집해 있는 곳을 알고 있다.

탈주의 인장도 있겠다. S급 퀘스트의 완료 조건을 충족시킬 수 있는 곳이다. 미적거릴 이유가 없었다.

"거기서 넌 더 위력적일 거다. 정신 지배의 화력을 폭발시킬 수 있는 곳이지. 우리 둘이서 끝장낼 수 있다, 우연희."

*　　*　　*

진입 1일째.

북미의 길드원 시절, 이 던전에 처음 들어왔을 때 나는 D 등급이었다.

A급부터 E급까지 다양하게 구성된 공격대를 꽉 채워서였다.

공격대장의 얼굴은 가물가물하다. 기억나는 것이라곤 그의 깊은 눈두덩이 속에 잠겨 있던 날카로운 눈빛뿐이다.

던전에서 헤매고 다녔던 기간이 길었던 덕분에 그 정도나마 기억하고 있었다.

공격대장은 보스전에서 죽었다. 공격대를 위해 희생한 게 아니라, 보스 몬스터였던 바르바 대학장이 그를 집요하게 노렸기 때문이었다.

이 던전을 공략하기 위해선 이번에야말로 역경자와 마리의 손길이 필요할 것이다.

퀘스트에 대한 설명을 마친 다음, 주요 몬스터를 다뤘다.

던전과 현실을 구분 짓는 푸른 막을 등에 두고서.

"감각을 곤두세워야 한다. 은신하는 것들이 있거든. 두 종류."

암살자와 저격수.

시스템에서 그것들의 직위를 그렇게 달아 놓았다.

"그리고 정신 지배는 아껴 뒀다가 하라고 하는 녀석들에게만 써."

대전 퀘스트 몬스터에 속하지 않으면서도, 그만한 괴력을 자랑하는 녀석이다.

본격적인 공략에 앞서 퀘스트 아이템부터 사용했다.

['역병을 증오하는 아이'를 사용 하였습니다.]

긴장하고 있던 우연희의 표정이 풀렸다. 엄지손가락에 못 미치는 크기에 다채로운 빛을 품고 있는 정령이었다.

우연희가 조심스럽게 손바닥을 펼치자, 정령이 거기에 내려앉으며 날개를 접었다.

그러나 보이는 것과는 달리 실물(實物)이 없는 게 정령이다.

"예쁘다."

우연희는 처음으로 공포 영화가 아닌, 판타지 영화에 들어온 얼굴이 되었다. 반짝이는 두 눈으로 정령에게서 시선을 못 뗀다.

하지만 이것들의 정체를 아는 나로선 썩 달가운 기분은 아니었다.

어쨌든 지금은 그녀의 환상을 깨고 싶지 않았다.

"어어?"

갑자기 정령이 날아올랐다. 우연희가 안타까운 소리를 냈다.

우연희가 목에 걸고 있는 아이템 때문이었다. 바르바 고위 역병술사의 뼈 목걸이.

정령은 우리 주변을 맴돌다가 전방을 가리켰다. 조그마한 팔과 더 조그마한 손가락이 움직이자, 우연희의 표정이 사르르 녹았다.

"긴장 풀지 말고 감각 세워. 진입한다."

* * *

진입 7일째.

직전의 던전에서도 그랬지만, 이번에는 여분의 아이템들을 더 많이 챙겨 왔다.

안전지대에 돌입하자마자 우연희는 새로운 아이템들을 장비했다. 반면에 나는 그럴 필요가 없었다. 신의 이름을 단 방어구들은 단순히 피해 흡수력만 높은 게 아니니까.

오히려 피해 흡수력 차이보다, 충전 속도야말로 신의 이름을 달기에 충분한 것들이다.

우연희가 목걸이를 바꾸고 있을 때. 나는 그녀를 향해 팔을 뻗었다.

정확히는 그녀의 머리 뒤였다. 우연희는 나보다 한 박자 느렸다. 그제야 상황을 간파했다.

내 손에 목이 쥐어진 쥐새끼의 복부에 단검을 찔러 넣은 다음 목 언저리까지 긁어 올렸다. 내장 기관이 쏟아져 나왔다.

바들바들 떨리던 쥐새끼의 대가리도 힘없이 꺾였다.

기껏 들어온 안전지대인데…….

우리는 다시 오염되는 땅을 피해 걸음을 옮겼다. 입구 초반, 정령 때문에 잠시나마 밝아졌던 우연희의 표정은 더 볼 수 없었다.

시도 때도 없이 나타나는 은신 몬스터. 그것들을 감지하기 위해 감각을 항시 곤두세우고 있는 건, 처음 몇 시간이나 쉽지 그 다음부터는 곤욕스러운 일이 분명했다.

하지만 스스로 결의를 다지고 있는 우연희의 얼굴에 대고, 감각을 곤두세우라고 질책할 필요는 없어 보였다.

그때.

먼저 날아간 정령이 벽 속으로 사라졌다. 정령이 만든 연구실로 통하는 통로는 역병술사를 협박해서 만든 것과 차이가 있었다.

기어 들어가야 하는 좁은 크기다.

정령이 재촉한다.

빨리 들어가라고.

그렇게 확인한 연구실 규모는 중형이었다. 최소 5개 이상의 소형 연구실이 이어져 있는 그곳은 역병술사들로 넘쳐 났다.

뭉족의 생체 실험 및 각종 원석들을 오염시키고자 온갖 연구가 활발하다.

바르바 군단의 야욕과 집념이 거기, '기에에엑' 거리는 불쾌한 소리에 묻어져 나온다.

우연희는 그쪽의 광경에 매료되었다. 지금까지 우리가 상대해 왔던 몬스터들이 하나의 문명체라는 사실을 깨달은 것.

그러다 결국 뭉족이 실험당하고 있는 걸 보고 말았는지, 그녀의 안색이 창백해졌다.

나는 우연희에게 한 녀석을 가리켰다. 우연희가 집게손 가락을 빙글 돌렸다.

정신 지배 하라고?

그런 수신호다.

저장 용기들을 가리켜 보이며 소리 없이 입술만 움직였다.

저것들을 지켜.

그녀의 두 눈이 검게 물들면서 일은 시작됐다.

저장 용기에서 가장 가까이 있던 녀석이 우두커니 멈춰버렸다. 그러고는 천장인 이쪽을 흘깃 올려다본 후 고개를 빠르고 짧게 끄덕였다.

*　　*　　*

우리는 F급 던전을 첫 공략했던 당시처럼 신중을 기해왔다.

도망쳐서 알림을 울리는 녀석이 없도록, 근근이 배치되어 있는 저격수를 사전에 감지하기 위해서, 정신 지배 등 스킬 충전을 위해서.

게다가 도중에 E급 보스 몬스터로 있던 바르바 고위 역병술사와 조우했기도 해서.

우리가 던전에 들어온 지도 열흘이 넘게 흘렀다.

[바르바 군단의 방해자: 바르바 고위 역병술사 2/3

역병 연구실 15/20

바르바 역병술사 71/ 100]

S급 퀘스트 완료까지 70%가 넘게 진행됐다. 그것은 내

단독 퀘스트고.

우리 파티의 던전 퀘스트도 세 개를 완료하며, 2만 포인트 이상과 플래티넘 박스 세 개를 띄웠다.

물론 연구실에서 우연희와 나눠 가진 룬도 개인 당 두 개씩.

진입 15일째.

우연희가 가장 강력해질 수 있는 순간이 도래했다.

괴수.

공룡이 아닌가 싶은 저 녀석은 바르바 군단의 생체 연구가 만들어 낸 결과물이라고 봐도 무방한 녀석이었다.

하위 던전의 보스 몬스터 자리에 놓아도 전혀 이상할 게 없는 녀석.

지배의 반지와 데비의 칼날 등으로 도망칠 수 있는 것들을 정리하거나 클리어한 구역으로 몰아넣고 있는 동안.

우연희는 저 녀석의 정신세계를 장악하는 데 성공했다.

괴수가 거대한 몸체를 끌고 왔다. 거칠고 거대한 송곳니 사이에서 뿜어져 나온 입김이 내 얼굴을 와락 덮쳤다.

"역병은 면역이고, 중급 방어막 이상의 생체 능력을 가진 녀석이다. 느껴져?"

괴수가 고개를 끄덕였다.

그럼 말은 다 끝났다.

쥐새끼들을 몰아넣은 구역을 가리켰다.

잠시 뒤, 축구공 같은 것들이 굴러 나오기 시작했다.

뭉개지고 뜯겨진 그것들은 전부 쥐새끼들의 대가리로, 그만큼의 비명 소리가 구역 하나를 가득 채웠다.

그건 몸풀기에 불과했다.

나는 괴수가 나오길 기다렸다가, 우연희의 진짜 육체를 한 팔로 껴안아 들었다.

"전방 어딘가에 고위 역병술사 한 마리가 더 있다. 놈까지 끝내 놓자."

*　　　*　　　*

진입 22일째.

드디어였다.

다시 뼈 목걸이를 찬 우연희를 피해 내 어깨에 앉아 있던 정령이 날개를 폈다.

녀석의 날갯짓은 나를 S급 퀘스트의 종착역으로 보내는 신호 아닌가.

더욱이 시스템은 야박하지 않다.

중형 연구실을 하나로 인식하지 않고, 거기에 부속되어 있는 소형 연구실 각각을 퀘스트 상의 '연구실'로 잡는다.

사실상 중형 연구실 하나만 더 박살 내 놓으면 끝인 것이다.

그런 내 흥분이 우연희에게 전해졌다.

일주일 전 괴수를 정신 지배 했던 파장에 더불어, 은신하는 것들 때문에 지긋지긋한 두통에 시달리던 그녀의 입가에 비로소 미소가 번지고 있었다.

아마 나도 웃고 있었던 것 같다. 문득 입꼬리가 올라가 있었으니까.

"가자."

이미 세 번에 거쳐 같은 전략을 반복해 왔기 때문이었다.

우연희가 조종하는 역병술사는 멍청히 서 있지만은 않았다.

저장 용기 근처에서 머물며 동족의 등에 마법을 꽂아 넣었다.

정령은 역병술사들이 죽어 나갈 때마다 온몸을 떨어 대고 있었다. 목소리를 낼 수 있는 존재였다면, 쾌락이 가득 찬 신음 소리를 내고 있을 거다.

역병술사 대가리 하나에 날갯짓 한 번.

역병술사 대가리 두 개에 날갯짓 두 번.

한 번에 세 개 이상의 대가리가 떨어져 나오면 아주 숨이 넘어갈 지경이다.

저것의 꼴사나운 행태를 보는 것도 이번으로 마지막이다.

빠지직!

몰살 끝, 벼락 줄기들로 녀석들의 연구 실적들을 휩쓸어 나갔다.

고위 역병술사, 그냥 역병술사의 퀘스트 완료 조건은 채 웠다.

남은 건 연구실 5개 파괴뿐.

[연구실을 파괴 하였습니다.]
……
[연구실을 파괴 하였습니다.]

마지막이다!

[퀘스트 '바르바 군단의 방해자'를 완료 하였습니다.]
[바르바 군단의 연구 속도가 저하 되었습니다.]

심장을 울리는 메시지 아닌가!

역병에 찌든 남아메리카 대륙의 광경이 뇌리에서 번뜩여대듯, 퀘스트 완료 보상을 떠올리는 메시지 또한 내 눈앞에서 번쩍였다.

[완료 보상으로 '첼린저 박스'가 지급 됩니다.]

모든 색채의 광휘를 휘감은 박스. 이 박스를 고대해 왔었다.

일선의 데비의 칼을 띄운 이후로.

시작의 장까지 다시는 못 볼 물건인 줄로만 알았다.

하지만 지금 여기 내 눈앞에 당당히 나타났다.

무엇이든 좋다. 스킬, 인장, 아이템. 무엇이 됐든지 간에 나를 한 단계 도약시켜 줄 것이다.

눈 밑이 바르르 떨리는 게 느껴졌다. 그때 내 손을 감아 오는 따뜻한 온기가 있었다.

우연희였다. 그녀가 내 손을 잡으며 더할 수 없는 기쁨의 표정으로 나를 올려다보고 있었다.

그녀의 두 눈에는 어쩐지 눈물까지 맺혀 있었다.

"축하해."

그녀가 말했다.

그 순간 박스가 열리기 시작했다.

첼린저 박스의 빛에는 치유 효과가 있다고 말했던가?

부상뿐만이 아니라 방어막 수치에도 영향을 주는 그것

이, 아직 충전되지 못한 피해 흡수량을 한계치까지 채운다.

나는 그러한 메시지들을 날려 버리며 광휘가 집약되는 광경에 집중했다.

가슴으로 쏟아지면 인장, 손으로 쏟아지면 아이템, 전신으로 퍼지면 스킬!

광휘는 손을 향해 쏟아졌다.

황급히 두 손을 받쳤다.

[아이템 '라의 태양 망토'를 획득 하였습니다.]

[라의 태양 망토(아이템)

효과: 모든 저항력 20% 상승, 축복 '라의 가호' 랜덤 발생, 아이템 '라의 태양 검' 변환 가능

물리 피해 흡수력: 15000 /15000

마법 피해 흡수력: 15000 /15000

등급: S]

[새로운 종목들이 추가 되었습니다.

대상: 영혼 저항력, 정신 저항력, 부패 저항력, 공포증 저항력, 권능 저항력…….]

금강 역사의 수호 장갑이 띄우지 못한 종목들이 일제히
추가되고 있었다. 본 시대에서는 그 존재를 알 수 없었던
저항력들까지.

더 놀라운 것은 무기로도 변환이 가능하다는 점에 있었
다.

[아이템 '라의 태양 망토'가 '라의 태양 검'으로 변환
됩니다.]

처음 보는 그것이 지금.

내 손에서 활활 타오르고 있었다.

〈다음 권에 계속〉

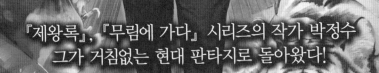

『제왕록』, 『무림에 가다』 시리즈의 작가 박정수
그가 거침없는 현대 판타지로 돌아왔다!

『신화의 전장』

주먹을 믿지 마라.
우리가 살아가는 이 땅에 인간을 벗어난 자들이 존재한다.

dream
books
드림북스

하라간

쥬논 판타지 장편소설

핏빛 판타지의 연금술사, 쥬논.
그가 펼치는 공포와 선혈의 환상 세계!

『흡혈왕 바하문트』, 『샤피로』를 잇는 그 세 번째 이야기.
검푸른 마해(魔海)의 세계에 그대를 초대합니다.

dream
books
드림북스